이번 역은
요절복통 지하세계입니다

이도훈 지하철 에세이

이번 역은
요절복통 지하세계입니다

현직 부산지하철 기관사의 뒤집어지는 인간관찰기

이야기장수

지하세계로의 초대장

주인공이 초대장을 받으면 이야기가 시작된다.

주인공이 탐정이라면 사건이, 마법사라면 마법이, 공주라면 사랑이 시작된다.

지금 당신이 손에 쥔 초대장 역시 마찬가지이다. 이제 당신에게도 이야기가 시작될 것이다.

우선 어디로 초대하는 것인지를 알려주자면, 당신이 전에 본 적 없었을 빛을 보여줄 것이다. 혹은 빛과 같은 사람들을.

나와 지하철이 속한 이 지하세계는 기본적으로 어둡다.

그리하여 작은 빛들도 대단히 반짝이는 것처럼 보인다.

밖에서는 별거 아닌 빛의 조각일지도 모르지만, 지하세계라는 이 어두운 배경 덕택에 더 분명한 존재감을 가진다.

7년을 달려온 내 지하세계의 끝에는 어둠 속의 빛과 같은 '사람'들이 있었다.

기관사인 나는 관제사의 지휘 아래 지하철을 몰고, 검수 직원은 지하철을 수리하고, 청소 여사님은 지하철을 청소하며, 역무원은 지하철이 정차하는 역을 지키고, 영양사님과 식당 이모님은 그 모든 지하철 사람들에게 밥을 먹인다. 그리고 무엇보다 이 지하세계의 존재 이유가 되어주며 잿빛 지하철에 색을 불어넣어 주는 신기하리만치 다양한 승객들.

그들은 어둠이라는 뒷배를 등에 업은 빛과 같아서, 지하공간에서 본래보다 강렬하게 빛나고 있었다.

지하세계의 초대를 받아들인 당신의 일상은 이제까지와는 달라질 것이다.

당신은 결코 선처럼 건조하게 지하철을 이동수단으로서만 이용할 수 없을 것이다.

당장 당신의 눈앞에 단소를 든 단소 살인마라거나, 닌자나 흡혈귀 같은 명품 지하철 빌런들이 등장할 수도 있지만, 고난은 알아서 잘 헤쳐나가기 바란다.

그건 당신의 이야기이니까.

모쪼록 어둠 속의 빛과 같이 멋진 이야기가 내 지하철을 탄 당신에게 펼쳐지길 바라본다.

"이번 역은 요절복통 지하세계입니다.

초대를 받아들이실 승객께서는 책장을 넘겨주시기 바랍니다."

2024년 6월

기관사 이도훈

1부

이 열차엔
빌런과 히어로가
타고 있습니다

: 지하세계 별별 사건 기록부

기관사의 중요 업무 역량, '대장 관리능력'

사람은 모름지기 잘 먹고 잘 싸야 한다. 식사시간이 일정하지 못한 기관사로서 잘 먹는 것도 중요하지만, 사실 그보다 시급하고 긴급하며 당면한 가장 강력한 문제는 잘 싸는 것이다.

생각해보라, 지하철 열차에 화장실이 있는 걸 본 적 있는가? 승객들의 경우 화장실에 가고 싶으면 내려서 가면 된다. 하지만 기관사는 그렇지 못하다. 우린 마치 지박령과 같아서 내 열차의 운전실을 떠날 수 없다.

소변이야 어떻게 조절해볼 수 있다 치지만, 설사나 급똥의 경우 문제가 심각해진다. 눈앞에 지옥이 펼쳐진다. 불교에서는 저승에 가면 136가지의 지옥이 펼쳐진다고 한다. 잘은 모르지만 그중에는 분명 급똥이 터져나오려 하지만 화장실을 못 가는 고통을 겪는 지옥이 있을 거라고 확신한다. (혹시 없다면 염라대왕님께서는 꼭 추가해주세요. 이만한 지옥이 없습니다.)

인간으로서의 존엄성이 위협받는 거대한 고통을 겪으며 바라보는 앞풍경에는 끊임없는 어두운 철길과 터널이 펼쳐진다. 이 지옥이 끝나지 않을지 모른다는 두려움이 들고, 내 삶에 잘못이 있었던 건 아닌지 돌아볼 시간을 갖게 된다. 급똥과의 사투를 벌인 기관사에게는 이러한 이유로 분명 어떠한 내적 성숙이 일어난다. 기관사로서 급똥과의 해프닝을 겪은 사실과 내적 성숙과의 관계는 내가 직접 논문으로써 증명해볼 생각이다.

지하철 운전실에는 기관사들만이 (누구도 원하진 않지만) 가볼 수 있는 지옥이 존재하는 터에, 이에 대비하기 위한 각자의 노하우들이 존재한다.

우선 가장 기본적인 방법으로는 화장실을 자주 가는 것이다. 출근해서 가고, 열차 타기 직전에 가고, 열차 타고 나서 가고, 쉴 때 가고, 퇴근하기 전에 가고. 그냥 눈에 보이면 가는 거다. 이유는 없다, 그냥 가는 거다. 근무 시작 전에 화장실 가는 거부터가 근무라는 말이 있을 정도다. '대장 관리능력', 그거 기관사의 중요한 업무 역량 중 하나이다.

가장 보편적인 방법으로 평가받는 것은 지사제이다. 모 기관사의 말에 따르면, 일본에서 만든 지사제가 최고로 평가받는다고 한다. 효과가 제일 빠르며, 대장의 수분은 싹 빼가서 확실히 편해지지만 직장에 대한 효과는 드라마틱하지 않다고 한다. 이

그를주이! 일단 타든 못 내리는 사람 있음

인간으로서의 존엄성이 위협받는 거대한 고통을 쥐으며 바라보는 앞좌석에는 끝없었는 어두운 철길과 터널이 펼쳐진다. 금통과의 사투를 벌인 기관사에게는 이러한 이유로 모임 아끼한 내적 상속이 일어난다.

기관사는 대장과 직장의 수분 차이를 느낄 정도로 성장해버린 것이다. 무섭도록 대단한 능력이며, 대단히 능력 있는 기관사라 사료된다.

또다른 기관사에 따르면, 먹으면 오 분 안에 편해지며 한 시간 정도는 버틸 수 있게 해준다고 한다. 이 지사제를 신봉하는 그는 일본 여행에서 지사제를 왕창 구매해왔다. 그가 지사제를 사온 양을 본다면, 일본 여행을 간 김에 지사제를 사온 것이 아니라, 지사제 밀수를 위해 들른 일본에서 잠시 시간을 보내고 왔다고 표현하는 것이 맞을 것이다.

자, 그럼 이제 비과학의 영역에 발을 들일 때가 되었다. 개인적으로 내가 애용하는 방법이다. 나는 이것을 '응가혈'이라고 부른다. 언젠가 잡지를 읽던 중 팔에 있는 혈자리에 대한 포스팅을 보았다. 여러 혈자리가 있었지만 그중 기관사인 내 눈을 확 잡아끄는 혈자리가 있었다. 무슨 혈자리인지 이름은 기억나지 않지만, 이곳을 누르면 생리현상을 참는 데 도움을 준다는 내용이었다. 그날부터 나는 배가 아플 때면, 종교를 가진 사람들이 기도할 때 매개로 삼는 것들을 쥐듯 간절하게 응가혈을 눌러댔다. 응가혈을 누르며 급똥이 잦아들기를 간절히 바라는 내 모습은 어떤 종교의식과 같았고, 그것은 분명 신앙의 영역에 속하는 것이었다. 그래, 나는 독실한 '응가혈' 신자였다. 응가혈에 대한 내 신앙심이 어찌나 독실했던지, 급똥과의 사투를 벌인 다음 날 내 양쪽 팔에는 손가락 모양의 보라색 피멍이 들어 있었다.

아마 내 절절한 믿음에 대한 응가혈의 응답이 아니었을까. 사실 나로서도 실제로 효과가 있었던 건지 플라세보효과에 불과했던 건지는 확실치 않지만, 무엇이면 어떻겠는가? 급똥을 가라앉게 해주는, 내 믿음에 응답을 주는 메시아적 존재인 건 분명하니까. (믿습니다, 응가혈님!)

자, 그럼 비과학의 영역에도 들렀으니 인간의 존엄성에 대한 얘기를 해보겠다. 열차에 탑승해서 일을 시작한 나는 얼마 안 가 깨달을 수 있었다. 무언가가, 특히 내 대장이 잘못되어 있음을. 식은땀이 흐르기 시작했고 눈앞으로 지나는 어두운 터널은 느리게만 흘러갔다. 괄약근을 죄어오는 불쾌한 느낌에 지배당하기 시작했다. 응가혈을 미친듯이 눌러댔지만, 이번엔 그가 감당해줄 수 있는 수준이 아니었다. 변기 하나를 통째로 박살낼 수 있는 핵폭탄급이었다. 내리려면 한 시간이 넘게 남아 있었고, 나는 좌절했고 결단했다.

지하철 운전실에는 최후의 수단으로 간이 변기와 비닐을 씌운 쓰레기통이 존재한다. 하지만 이것을 사용한다는 것은 인간의 존엄성을 위협받는 일이다. 생각해보라. 전방을 주시한 상태에서(물론 자동운전 상태이다) 한 손에 핸들을 쥐고, 어둡고 좁은 운전실 바닥에 간이 변기 혹은 쓰레기통을 두고, 그 위에 위태롭게 앉아 급똥을 해결한다. 내 등뒤에 있는 운전실 출입문 바로 너머에는 아무것도 모르는 승객들이 잔뜩 앉아 있는데, 나 혼자 엉덩이를 까고 몰래 분출을 시도한다. 이후 뒤처리도 문제다. 사용했던 검은 비닐봉지를 조심스레 분리해내어 단단히 묶은 후 가방에 넣는다…… 예전에는 이 봉지를 열차 밖 선로에 투척했고, 선로를 순회 점검하는 직원들이 검은 봉지를 치워주는 것이 업계의 관행이었다. 그리하여 그들에게는 칠흑같이 어두운 선로에서 마주친 귀신에게는 말을 걸더라도 선로에 떨어진 검은 비닐봉지만은 절대 열어선 안 된다는 불문율이 존재한다. 간혹 이를 모르는 신참들이 호기심에 검은 비닐을 열었다가 (귀신보다 더 어두운 존재를 마주했기에) 평생에 걸친 끔찍한 트라우마를 얻는 경우도 있었다고 한다.

여하튼 그렇게 결단했던 나는, 바닥에 쓰레기통을 놓고 거기에 검은 비닐을 씌웠다. 그리고 그 위에 앉았다. 엉덩이를 까고서. 순간 말로 형언하기 힘든 커다란 자괴감이 몰려와 나를 덮쳤다. 눈가가 촉촉해졌고, 나는 생각했다.

'인생이 뭐지? 하아…… 빌어먹을……'

그 강력한 자괴감이 내겐 약간의 지사제 역할을 해줬고, 덕택에 미사용 상태의 중고 비닐은 내 가방에 넣을 수 있었다. 수치심이 괄약근마저 지배했다. 어디 감히 나오려 했느냐는 엄한 호통 같았다. 순간 내 괄약근이 안됐다는 생각을 했지만, 잠시에 불과했다. 수치심도 막을 수가 없었다. 거기에는 어떤 강인한 생명력이 있어서, 비집고 나오려 하는 그것을 나로서는 막을 수가 없었다.

결국 나는 관제에 연락해서 우리 말로 '똥대기'를 불렀다. 거점 승강장에 대기하고 있던 대기 기관사가 나와주었고, 내 남은 사십 분의 업무를 대신 마무리해주었다. 부리나케 달려간 화장실에서 나는 변기 하나를 파괴했고, 고마움을 담은 음료를 사서 내 '똥대기'를 맡아준 세상에 둘도 없을 은인에게 향했다.

"선배님 감사합니다…… 이 은혜 절대 잊지 않겠습니다……"

"에이 아니야, 그러라고 대기가 있는 거지. 잘 해결했지?"

가슴속에서 뜨거운 무언가가 태동하는 것이 느껴졌다. 그는 그날 내게 빛이었다. 그가 있는 한 이 삭막한 회색 지하철도 어두운 곳이 될 수 없었다.

이렇듯 지하철에서는 승객인 당신 몰래 별일이 다 벌어지고, 열차 운전실에 홀로 앉은 기관사인 나는 종종 자아와 인간다움을 상실하는 경험을 한다. 내가 기관사로서 특별히 신경써야 하는 부분이 있다면, 그렇게 지하철에서 오만 가지 사건사고가 고요히 터지고, <세상에 이런 일이>에 나올 법한 지하철 빌런들이 수없이 타고 내리더라도, 기관사인 나는 내 승객들에게 그 혼돈을 결코 들켜서는 안 된다는 것이다.

왜냐하면 승객들은 믿고 있기 때문이다. 보통 사람들이 인생에서 기다리는 대부분의 것들이 더디 오거나 결국 오지 않는다 할지라도, 지하철은 매일 정확히 와서 내가 가야 할 곳으로 나를 늦지 않게 데려다줄 것이라고. 세상이 나를 내팽개쳐버린 것

같은 날, 거리에서 주저앉고 싶을 정도로 힘든 날에도 지하철만은 나를 집 근처 역까지 어김없이 데려다줄 것이라고.

그런 승객들의 믿음을 기관사 된 도리로 어찌 모른 척하겠는가. 그래서 지하철과 나는 달린다. 배가 아프고 급똥 지옥이 펼쳐져도 기관사들은 어김없이 지하철 맨 앞칸을 꿋꿋이 지킨다. 그 이유를 묻는다면 이렇게 답하겠다.

당신을 집으로 데려다주기 위해서라고.

비 오는 날의
지하철과 '쟈철에페'

비가 싫다! 승객들은 비를 싫어한다! 그런데 그건 기관사도 마찬가지. 나도 비가 싫다!

사실 나는 일을 하지 않을 때는 비를 좋아하는 편이다. 음악으로 가득한 내 공간의 창문을 때리는 빗줄기 어딘가에 낭만이 있다고 믿는 족속이다. 하지만 나는 기관사이고, 기관사는 비를 싫어할 수밖에 없다. 앙심을 품고 있다고 보는 것이 맞을 것이다. 망할 빗줄기. 기관사가 비를 싫어하는 이유는 셀 수 없이 많다.

우선 비 오는 날 지하철 타러 가는 길이 싫다. 비 오는 날 지하철을 타기 위해 플랫폼을 지나 퀴퀴한 비먼지 냄새가 진동하는 승강장으로 향하는 승객들의 기분이 썩 좋지 않듯, 기관사역시 그 길이 싫다.

특히 태풍이 오는 날 출고*해야 하는 상황이라면 열차가 서 있는 곳까지 야외로 한참을 걸어가며 주변의 비를 다 끌어다 맞게 된다. 특별히 재수없는 기관사로 통하는 나는 태풍 오는 날이면 어김없이 출고 담당이었다. 한 번은 말도 안 되는 비바람을 동반한 태풍이 오는 날 출고를 맡았다. 이 태풍은 원래 비가 땅에서 하늘로 거꾸로 솟구치는 거라는 착각이 들게 할 만큼 정신 나간 바람을 동반했다. 이런 경우 사실 우산은 액세서리에 불과해진다. 의미 없는 도구를 머리 위에 얹고 가던 나는 생각했다.

'이게 용도가 뭐지?'

나는 우산을 접었다. (사실 바람에 부서졌다……)

또다른 문제는 지상구간의 경우 철길을 구르는 철바퀴에 비라는 윤활유까지 보태지면, 잔뜩 젖은 철길은 빙판이 되고 빙판 위의 열차는 그 순간부터 미끄러지기 시작한다는 것이다. 조금만 급하게 출발해도 바퀴가 헛돌며 미끄러지고, 약간만 강하게 제동을 걸어도 미끄러지며 제동거리가 배 이상 늘어난다. 자연스럽게 정위치에 정차하는 일은 극악의 난이도로 기관사를 괴롭힌다. 악조건 속에서 여기저기 과주**가 벌어지고, 무전에는 불이 난다. 생각만 해도 어질어질한 상황이다.

왜 이게 심각한 상황인지를 설명해보겠다. 과주가 일어난 상

---

* 지하철 열차들의 주차장인 차량기지에 쉬고 있던 열차를 점검해서 본선으로 끌고 나가는 것.

** 열차가 정위치에 멈추지 못하고 더 가서 멈추는 것.

황을 상상해보자. 과주가 일어나면 출입문을 약속된 위치에서 열지 못하게 된다. 지하철 문은 승강장 안전문의 위치와 딱 맞아야 한다. 승객들이 정해진 대기선 앞에서 줄을 서 있는데, 열차가 미끄러졌다고 기관사가 엿장수 맘대로 아무데서나 문을 열었다 닫았다 할 순 없는 노릇 아닌가. 그래서 퇴행운전*을 해야 하는데, 이것은 관제의 허가를 득한 후에 해야 한다. 우선 고물 똥통 무전기로 관제에 연락을 한다. 한 번에 연락되면 다행이지만, 보통 이런 급박한 상황에선 한 번에 되질 않는다. 어찌어찌 관제와 연락하여 허가를 득한 후에 퇴행운전을 시작한다. (융통성 있게 선조치를 하고 관제에 후보고를 하면 되겠지만, 그러면 기관사에게 1회 150만 원의 과태료가 부과된다. 융통성에는 150만 원이 필요하므로 부자 기관사가 아니면 융통성을 쉽게 발휘할 수 없다.) 퇴행운전을 해서 정위치에 정차한 후 다시 출입문 취급과 안내방송을 하고, 다시 열차를 전진운전에 대한 세팅으로 바꾼 후 운행을 재개한다. 열차 지연으로 인한 시간적 압박은 사은품이다, 원하지 않는.

사실 가장 중요한 것은 안내방송이다. 출입문이 열리지 않는 열차에 있는 승객들이 불안함 혹은 불편함을 느낄 수 있기 때문이다. 이는 민원으로 직결된다. 그래서 안내방송을 계속해야만 한다. 처음에 과주했을 때, 퇴행운전 시작할 때, 정위치에 멈추

● 자동차의 후진과 같은 개념.

었을 때, 다시 출발했을 때 사과방송을 거듭한다. 조금이라도 소홀했다간 바로 민원이 들어온다.

이 모든 걸 잘 가지도 서지도 못하는 빗길의 고물 지하철을 가지고 해야 한다.

이렇듯 비 오는 날에는 열차가 잘 멈추지 않기 때문에 미리 제동을 준비해야 하고, 출발이나 도착이 지연되면 승객들의 민원이 폭발하기에 늦지도 않아야 하며, 아무리 급하더라도 과주하지 않아야 한다. 비 오는 날의 기관사는 슈퍼맨이 되어야만 한다. 그리하여 비 오는 날이면, 우리 지하철 기관사들은 (절대 비가 내리지 않는) 지하구간을 사랑할 수밖에 없는 운명에 놓인다.

하지만 지하구간에도 문제는 존재한다. 비 오는 날 지하구간의 역 승강장에는 전문 스포츠인들이 등장한다. 그들은 바로 펜싱 선수들이다. 평소라면 닫히는 출입문에 아쉬워했을 그들이지만, 비 오는 날은 다르다. 그들의 손엔 우산을 가장한 펜싱용 검이 있었다.

처음엔 올림픽 펜싱 경기가 열리는 줄 알았다. 출입문이 닫힌다는 방송 끝에 나오는 전자음이 그들에겐 펜싱 경기 시작을 알리는 신호음으로 들리는 듯했다. 그들은 용수철처럼 튀어나갔고, 닫혀가는 지하철 문에 공격을 내질렀다. 문은 당연히 닫히지 못했고, 그들은 이 펜싱 경기에서 자신의 공격이 성공했다고 주장하며 문이 열리길 기다린다. 단호한 그들에 의해 기관사는 어쩔 수 없이 문을 연다.

펜싱 종주국인 프랑스 사람들이 비 오는 날 한국의 지하철 승강장에 온다면 깜짝 놀랄 것이다.

'한국의 펜싱 사랑이 대단하구나?'

국제펜싱연맹에서는 올림픽, 세계선수권, 그랑프리 및 월드컵 등 국제대회를 개최할 때 기존의 플뢰레, 에페, 사브르 세 종목과 더불어 '쟈철에페' 종목도 추가해야 할 것이다.

올림픽 펜싱 경기와 비 오는 지하철 펜싱 경기의 차이점이 있다면, 관객들의 반응이다. 올림픽 펜싱 경기에선 공격 하나하나에 관객들이 환호한다. 예리한 스텝과 공격에서 선수의 노력이 느껴지기 때문이다. 반대로 비 오는 지하철 펜싱 경기에선 공격이 성공할 경우, 관객들이 공격한 선수를 눈을 치켜뜨고 바라본다. 선수 본인은 탔다는 사실에 기뻐하지만, 다른 승객들 수백 명의 시간을 빼앗았다는 사실과 그에 분노하는 다른 승객들의 시선이 본인에게만 보이지 않는 듯하다. (혹은 못 본 척하는 걸지도 모른다.)

이렇듯 비 오는 날의 지하철은 썩 유쾌한 공간이 아니다. 승객에게도 기관사에게도.

내가 승객일 땐 어떠할까? 나 역시 비 올 때의 습하고 찝찝한 지하철 특유의 분위기, 비에 의해 떠오른 묵은 지하철 먼지의 쾨쾨한 냄새가 싫다. 비 올 때는 지하철을 잘 이용하지 않으려 한다.

국제펜싱연맹에서는 올림픽, 세계선수권, 그랑프리 및 월드컵 등 국제대회를 개최할 때 기존의 플뢰레, 에페, 사브르 세 종목과 더불어 '자젤에페' 종목도 추가해야 할 것이다.

하지만 그럼에도 지하철을 이용하러 오는 손님들이 있다는 건, 내 손님들의 일이 중요한 일인 동시에 내가 하는 일 역시도 우리 도시에서 꼭 필요한 일이라는 반증이 아닐까?

비가 와도 세상은 변함없이 돌아간다. 흐름은 조금 달라질지 모르지만 말이다. 비는 짜증스러울 수도 있고 혹은 폭우처럼 위험할 수도 있다.

하지만 이 비 따위가 한바탕 씻어내림에 불과하게 만드는 방법이 있다면, 각자 제자리에서 자기 할 일을 하는 것 아닐까? 모든 부품이 제자리에서 제 역할을 한다면 잠시 멈춘 열차도 곧 움직일 테니까. 그러니 큰 고민할 거 없이, 비가 오든 다른 무엇이 오든 무던히 내 일을 해야겠다. 이 도시의 다른 모두처럼 말이다.

반딧불이 지하철

자정이 지나고 영업이 끝난 불 꺼진 지하철. 태생적으로 어두운 지하공간에 모든 불이 꺼지고, 최소한의 안전을 위해 남겨놓은 희미하고 희박한 빛들만이 어둠 속에서 외롭게 빛난다. 불 꺼진 승강장, 선로, 역사, 그리고 감감한 열차 내부. 삭막하다 생각했던 회색 지하철의 정체성마저 어둠에 가려 보이지 않는다. 차갑고 쓸쓸하며 허전하다. 헛헛한 기분이 극에 달한다.

하지만 이런 감상적인 것들은 집어치우자. 당장에 기관사로서 당면한 진짜 문제는 무섭다는 것이다. 빌어먹을. 나는 해군 특수부대인 UDT/SEAL을 나왔고, 그곳에 있을 때는 무덤이 즐비한 야산을 손전등도 없이 헤치고 다녔는데, 어이없게도 이 불 꺼진 지하철이 나를 오싹하게 만든다.

본래 어두웠지만 영업이 끝나고 인기척은 사라져 완연한 암흑이 내려앉은 선로엔 철길이 내뿜는 차가운 빛만이 어른거린다. 보이는 것과 보이지 않는 것의 경계에서 무언가가 나를 내려다보고 있는 것만 같다. 이제부터 나는 가로 약 2미터, 높이 7미터의 터널을 홀로 지나야 한다. 숨막히는 터널 속 환기시설이 헐떡거리듯 음침한 바람 소리를 뱉는다. 땅속에 갇혀버린 자가 느끼는 오싹하고 축축한 느낌. 그 막연하고 스산한 어둠 속에 오직 나 혼자 존재하고 있다는 사실.

그곳에서 무언가를 보았다는 사람도 있었고, 괴기한 음향을 들었다는 사람도 있었다. 지하철에서 자살하는 사람들이 기관사 몰래 어두운 선로 기둥 뒤에 숨어 있다가 열차에 뛰어들었다고들 하는데, 지금 지나는 기둥이 그 기둥일지도 몰랐다. 이런 생각에 휩싸일 때면 뒷목을 따라 소름이 돋았고 수시로 뒤돌아보곤 했다.

야간근무를 하는 날이었다. 그날의 주박지*는 전포역이었다. 막차를 몰고 역에 도착했다.

"안내 말씀 드립니다. 이번 역은 우리 열차의 마지막 역인 전포, 전포역입니다. 승객 여러분께서는 한 분도 빠짐없이 내려주시기 바랍니다."

● 첫차 운행 시간을 맞추기 위해 설치된 임시 정차지. 전날 주박지에 열차를 유치하고, 다음날 아침 열차를 기동하여 운행한다.

승객들이 내리길 기다렸다. 역무원과 공익요원들이 승객들을 다 하차시킨 후 출입문을 닫으라는 전호*를 보내줬다. 승강장에 있는 열차를 유치선**에 집어넣기 위해 열차 양쪽에 있는 운전 실을 세 번 오가고 두 번의 이선***을 하는 등 복잡하지만 필요한 절차를 마쳤다. 마침내 열차를 정해진 유치선에 위치시켰다. 이제 남은 것은 열차의 시동을 끄고 그 사실을 관제에 보고하는 것.

열차의 전원을 차단시키고 시동키를 뽑았다.

"관제, 관제! 전포역의 ○○○○ 열차 ×× 편성입니다. 열차 이상 없이 유치했습니다."

"네, 기관사님! 전포역 유치 알겠습니다. 전원 차단 다시 한번 확인하시고 조심히 들어가십쇼."

관제와의 마지막 무전 이후 시동을 끄고 나면, 나는 불 꺼진 객실을 돌아보지 않는다. 객실의 실내등이 소등됐는지만 확인하고, 객실과 운전실을 연결하는 출입문을 굳게 닫아건 뒤 열차에서 도망치듯 내렸다.

그런데 그날은 이상했다. 그냥 불이 꺼진 객실을 내 눈으로

---

* 철도신호의 한 종류로 손전등이나 깃발 등으로 관계자 상호 간에 의사를 전하는 것을 말한다. 종착역에 도착한 열차의 경우 승객이 다 하차한 것을 확인했으니 출입문을 닫아도 좋다는 전호를 역무원이 기관사에게 보내준다.

** 열차가 머무를 수 있도록 마련해둔 선로. 이 경우 따로 기지에 열차를 집어넣지 않고, 역 뒤에 숨겨진 선로 위가 다음날까지 열차가 머무는 주박지가 된다.

*** 선로전환기 등을 통해 열차를 옆 선로로 옮기는 것.

확인하고 싶다는 막연하고도 충동적인 마음이 들었다. 긴장됐지만 꼭 한 번은 직접 확인하고 싶었다.

숨을 크게 들이마시고는 운전실 출입문을 열고 객실로 들어갔다.

뜻밖의 그림이 펼쳐졌다. 어둡고 음침하며 오싹하리라 예상했던 지하철 안은 너무도 예뻤다. 비상시를 위해 군데군데 붙여둔 야광물질들이 이제까지 흡수한 빛들을 마치 반딧불이처럼 내뿜고 있었다. 생각지도 못했던 예쁜 풍경을 마주한 나는 채 몇 걸음을 떼지 못하고 그 자리에 멈춰 섰다. 소화기 팻말, 출입문 옆 기둥, 각종 장치들에 숨어 있던 반딧불이들이 와르르 몰려나와 어두운 지하철 내부를 가득 채웠다. 온통 반딧불이였다. 급기야 열차는 만화의 한 장면처럼 그 자체로 찬란한 빛덩어리, 거대한 반딧불이로 변신했다. <이웃집 토토로>의 어린 자매가 외롭고 힘든 날 고양이 버스가 헤벌쭉 웃으며 날아오듯, 오직 어둠 속에 홀로 남은 기관사인 내 눈앞에만 기적처럼 나타난 '반딧불이 지하철'이었다.

완벽한 어둠은 없었다. 어둠 속의 희망이 빛보다 환했다. 어쩌면 신은 이토록 아름다운 반딧불이를 세상에 날려보내기 위해 어둠을 만들었는지도 모른다.

무서움 같은 건 까맣게 잊은 채, 나는 그렇게 한참을 반딧불이 지하철에 서 있었다.

서면역 유실물센터

나는 당신이 잘라두고 간 꼬리의 목격자이다. 지하철 승객들은 인생의 크고 작은 흔적들을 내 열차에 남긴 채 홀연히 떠나고, 나는 뜻밖의 조각들을 만나 멈칫 생각에 잠긴다. 이렇게 별걸 다 흘리고 가는 당신은 누구신가요, 지금 어떤 생을 살고 계신가요.

기관사가 유실물과 만나는 순간은 회차●하러 갈 때이다. 객실을 지나 반대편 운전실로 이동하는데, 이때 오만 가지 유실물과 맞닥뜨린다. 흔하게는 스마트폰, 지갑, 카드, 가방, 쇼핑백 같

● 종착역에서 반대 방향으로 열차의 진행 방향을 바꾸는 일. 지하철에는 앞뒤로 두 개의 운전실이 있어 종착역에 이르면 기관사는 맞은편의 운전실로 가서 운행 방향을 바꾼다.

은 것들을 발견하지만 가끔 절대 예상할 수 없는, 어딘가 잘못된 것들이 툭 하고 튀어나온다.

몇 해 전 역시 회차할 때였다. 열차 객실 좌석 위 가방을 올려두는 칸에 알록달록한 형광색의 길쭉하면서도 역동적인 물체가 놓여 있었다. 강렬한 색상에 이끌려 보는 순간 강한 호기심을 느끼며 빨려들듯 그 물체를 향해 걸어갔다. 물체에는 네 개의 튼튼한 바퀴가 달려 있었고, 이내 그것이 스케이트보드라는 사실을 알 수 있었다. 스케이트보드임을 인지한 순간 나는 묘한 흥분에 휩싸였다. 내가 언제 이런 유실물을 만나보겠는가? 30년, 40년을 근무한 지하철 기관사 선배들 중에 스케이트보드 유실물을 만나본 기관사가 몇이나 되겠는가? 그런 우월감에 취해 스케이트보드를 가지고 객실을 이동하던 중 청소 이모님을 만났다. 이모님이 내게 웃으며 물었다.

"아니 기관사님, 무슨 그런 걸 가지고 다녀요."

"그러게요. 별걸 다 들고 다니게 되네요."

그래, 이거였다. 이모님의 미소 섞인 저 찬사가 스케이트보드를 든 기관사인 내 특별함을 증명해주었다. '스케이트보드를 가진 기관사'라니 꽤 멋지지 않은가. 하지만 후에 나는 스케이트보드 유실물이 어딘가 빈약하다고 느끼게 만드는 어떤 기관사의 '썰'을 듣게 되었다.

예초기.

더이상 어떠한 설명도 필요가 없었다. 예초기를 든 기관사라니. 내 패배였다. 스케이트보드 유실물을 만난 기관사였을 때, 내가 특별하고 우월하다 느꼈던 만큼 쓰라린 패배였다. 생각해 보라. 그걸 마주한 청소 이모님은 얼마나 놀랐겠는가. 마주 오는 기관사가 서슬 퍼런 예초기를 들고 걸어온다니. 갑작스러운 스릴러의 시작에 이모님은 어떤 심정이 들었을까. 그 광경을 마주해 보지 못한 나로서는 이모님의 심정을 그저 상상만 해볼 뿐이다.

한 번은 다이어트를 하는 내 앞에 치킨 유실물이 나타났다. 참기 힘들 정도의 냄새를 풍기는 놈이었다. 바삭함과 그 아래 숨겨진 촉촉함이, 지하철 안에 풍기는 치킨기름 향기에 묻어났달까. 그래, 그건 냄새가 아닌 향기였다. 비록 내가 애정하는 브랜드의 치킨은 아니었지만, 닭을 기름에 튀겨서 나는 아찔한 향기가 내 메마른 코와 뇌를 사정없이 찔러댔다. 유실물은 내 것이 아니었기에 당연히 관제에 연락해서 인계했지만, 내 이상한 상실감은 사라지질 않았고, 어쩔 수 없이 내 다이어트는 하루의 휴가를 맞았다. 퇴근 후에 기름진 닭다리를 입에 물고서야 비로소 치킨 유실물을 보내줄 수 있었다. 상대방을 진실되게 사랑했기에 가슴 아프게 헤어졌고, 헤어지고 한참이 지나고 나서야 마음속에서 뒤늦은 두번째 이별을 하는 사람처럼, 그렇게 나는 치킨과 두 번 이별했다.

이외에도 가래떡, 수박, 우산, 커피포트, 나물, 도넛, 코털깎이, 햄버거, 과일, 화분, 병따개, 좌욕기, 성인용품 등등 너무나도 다양하고 흥미로운 유실물들이 존재했지만, 지금부터는 내가 들었던 가장 기괴한 유실물에 대해 이야기해보려 한다.

지금부터의 이야기는 안타깝게도 나의 선배가 직접 겪은 실화이다. 때는 1990년대로 거슬러올라간다. 당시 흉악범죄가 기승을 부렸다. 연쇄살인, 토막살인, 연쇄강도 등의 험상궂은 뉴스들이 모두를 불안에 떨게 했다. 더군다나 선배는 그즈음 달러 뭉치가 이상하리만치 가득한 여행용 배낭을 습득하여 유실물센터에 인계한 적이 있었다. 흉악범죄에 대한 뉴스들이 쏟아져나오는 시국에 주인이 없다는 사실이 더욱 수상한 달러 가방. 그 가방이 범죄에 연루되었다고 단정할 수는 없었지만, 그 기묘한 달러 뭉치들이 선배의 불안을 증폭시켰다는 사실만은 분명했다.

그로부터 얼마 지나지 않은 밤늦은 시간이었다. 열차가 종착역에 도착했고 회차를 시작했다. 회차는 기관사 혼자서 하게 되는데, 그날따라 혼자라는 그 사실이 석연찮았다고 한다. 어딘가 찝찝한 마음을 안고 객실을 살피던 중, 의자 아래 바닥에 놓인 커다랗고 길쭉한 검은색 가방을 발견했다. 길이가 1미터 정도 되는 큰 가방이었다. 저멀리에서 마주친 순간부터 심상치 않다는 생각이 들었다. 가까이 갈수록 피비린내 같은 역한 냄새가 심해졌다. 가방 앞에 서서 한참을 망설였다.

기관사가 유실물을 습득하면 내용물을 확인하고, 그에 대한 인계증을 적어서 관제에 보고한 후 인계한다. 기관사로서 선배는 안에 무엇이 들어 있는지 알아야만 했다. 그는 가방을 열기 위해 지퍼에 손을 올렸다.

물컹.

애써 부인하며 설마 아닐 거야 하고 좁은 틈으로 밀어넣었던 생각들이 그 비좁은 틈으로부터 세차게 뿜어져나왔다. 틀림없었다. 토막살인이었다. 하지만 확인해야만 했다. 끔찍한 범죄의 증거물을 감춘 채 입을 악물고 있는 이 비릿한 지퍼를 열고 내용물을 알아내야만 했다. 촉각을 비롯한 모든 감각들이 미친듯이 날카로워졌다. 숨이 멈추고 시간도 멈춰버린 듯 아득했다. 겁이 났다기보단 소름이 끼쳤다. 조금씩 지퍼의 틈이 벌어지고 5센티미터 정도 가방이 열렸을 때, 핏기 어린 눈이 선배를 바라보고 있었다.

"허억……"

선배의 외마디 비명은 이내 고요 속에 파묻혔다. 온몸에 식은땀이 흘렀고 뒤통수를 따라 한기가 느껴졌다.

그런데 잠시…… 뭔가가 이상했다. 눈이 박혀 있는 피부가 살색이 아닌 은색을 띠고 있었다. 다시 보니 그건 황당하게도 사람이 아닌 '참치'의 눈이었다. 긴장이 다 풀린 선배가 객실 의자에 쓰러지듯 앉았다. 잠시 멍하게 있던 선배는 이내 웃음을 터뜨렸다.

"지금은 퇴직했는데, 마침 기관사 중에 일식집 요리사 출신 기관사가 있어서,
기관사 대기실에서 참치회를 떠서 다 같이 회식했지."

20여 년 전의 일을 떠올리며, 그때 정말 식겁했다고 선배는 웃으며 말했다. 그래서 참치는 어떻게 했냐는 신규기관사의 물음에 선배가 갑자기 웃음기를 거두더니 진지하게 말했다.

"지금은 퇴직했는데, 마침 기관사 중에 일식집 요리사 출신 기관사가 있어서, 기관사 대기실에서 참치회를 떠서 다 같이 회식했지."

같이 듣고 있던 순진한 신입기관사들이 "와, 그때는 낭만이 있었네요……"라며 감탄했지만, 회 떠 먹었다는 말이 거짓말인 걸 아는 선배와 나는 조용히 눈을 마주치며 웃었다.

2천 원짜리 우산, 포장해온 먹다 남은 음식물, 스케이트보드, 예초기부터 토막난 참치에 이르기까지. 모든 유실물은 우리 지하철 사람들에 의해 유실물센터로 인계된다. 자부심을 가지고 말하자면 우린 어떠한 유실물도 포기하지 않는다. 그러니 승객 여러분들도 지하철에서 물건을 잃어버렸다면 포기하지 말고 찾아라. '서면역 유실물센터'에서 우리가 당신의 물건을 가지고 기다리고 있을 테니까.

마찬가지로 승객 여러분들은 지하철이 아닌 삶에서도 어떤 것들을 잃어버리게 될 때가 있을 텐데, 그때도 포기하지 말고 찾아라. 누군가 우리처럼 당신의 것을 찾아주기 위해 기다리고 있을지 모르니까.

자살에 대한
기관사의 고찰

자살: 생명체가 스스로 자신의 목숨을 끊는 행위

세계보건기구WHO는 자살을 '스스로 품은 의지를 통해 자기 생명을 해쳐서 죽음이라는 결과에 이르는 자멸 행위'로 정의했다. 대한민국은 2023년 OECD 회원국 중 자살률 1위를 기록했으며, 매년 1만~1만 5천 명이 목숨을 끊는다.

스스로 자신의 목숨을 끊는다. 내가 주체가 되어 의지를 가지고 생명을 끊어낸다. 불특정한 누군가가 아닌 구체적인 나의 생명을, 나의 결단과 행동으로, 내가 직접 실행한다고 생각해보자. 쉬운 일일까? 절대 쉬울 수 없다. 분명 자살의 주체가 되는 당사자에겐 생명보다 무겁고 커 보이는 바윗덩어리가 있었을 것이다.

외환위기, 금융위기 그리고 사회양극화, 눈덩이처럼 불어버린 부채.

경쟁, 구직난, 생활고.

사업 실패 혹은 실직.

누군가의 괴롭힘, 따돌림, 갑질, 병영 부조리.

실패한 사랑 혹은 결혼.

대입이나 취업에 미끄러지면 실패한 인생으로 비추어지는 현실.

학생들을 벼랑 끝으로 몰아붙이는 학교폭력과 진학 문제,

그런 아이들을 지켜야 할 선생님들조차 위협하는 땅에 떨어진 교권.

사회의 그늘에 놓인 노년층.

조울증, 조현병, 공황장애, 트라우마 같은 정신질환.

자살을 지지해주는 구체석이며 명확한데다가 실제적인 이유들. 이 이유들 중 어느 하나에도 속하지 않는 사람이 있을까? 관점을 바꾸어보자면, 이러한 실제적이며 실질적인 이유들 속에서 자살을 하지 않는 것이 오히려 이상해 보이기도 한다. 자살을 하는 것이 자연스러운, 누군가 자살했다는 소식을 들었을 때 이상하다는 생각보다는 이유가 무엇인지를 더 궁금해하는, 자살이 자연스레 스며든 사회에 우리는 살고 있다.

"아무개가 자살했대……"

"저런…… 근데 왜?"

2022년 총 자살자 수 12906명.
1일 평균 자살자 수 약 35명.
오늘도 자살할 35명.
그중 한 명을 따라가보자.

우리가 노출된 숱한 이유 중 하나로 인해 특히 삶이 힘든 A. A의 삶에는 빛이 없다. 조그마한 빛이라도 내리쬔다면 그 얇은 빛을 동아줄 삼아 어떻게든 붙잡고 살아보겠지만, 그의 주변은 어둠뿐이다. 잔인하리만치 어둡다. 누군가 A에게 허락된 빛을 다 앗아가버린 건지 A에게는 그 어떤 여지도 없다. 그런 A가 의지를 가지고 스스로의 생명을 끊기로 했다. 전혀 이질감 없는 전개다.

여러 방법을 찾던 중 기차 자살을 알게 되었다. 확실히 삶을 끝낼 수 있기 때문에. 몇백 톤의 중량을 가진 기차가 확실한 죽음을 보장했다. 또한 신뢰성과 정시성을 중요한 가치로 삼는 기차이기에, 혹시 죽음의 순간에 망설일지 모를 자신에 대한 걱정도 하지 않을 수 있었다. 자살사이트를 보니 자살 명소로 평가받는 역들이 있었다. A는 그중 한 역을 택했다. 곡선구간과 시야를 가리는 나무, 내리막길 등으로 인해 기관사가 뛰어들려는 사람을 확인해도 속도를 줄일 수 없다고 한다.

그렇게 어둠이 사라지기 시작한 어슴푸레한 새벽. 몰래 선로에 들어간 A는 선로 위를 걷기 시작했다. 핸드폰을 보며 못다 한 생각들을 정리하면서 걸었다. 저멀리 희미한 불빛이 보이는 것도 같았다. 그 불빛은 느린 듯 빠르게 점점 커지고, 이내 가까워졌다. 불빛은 아직 A의 존재를 몰랐다.

빵!!! 빠아앙!! 빵!! 끼이익. 끼긱. 끼기긱.

불빛이 A의 존재를 알아챘다. 하지만 저 불빛이 바꿀 수 있는 결과는 없었다. A에게도 순간 약간의 망설임이 생겨났을지 모르지만 상관없었다. 그저 가만히 있기만 하면 되었다.

이번엔 또다른 사람 B를 따라가보자.

삶이 힘든 이유야 많았지만, 열심히 살아가는 기적을 택한 B. 그 힘든 삶에 동아줄이 되어줄까 하는 마음에 선택한 직업 기관사. 결심하기까지 한참이 걸렸고, 기관사가 되기 위해 노력한 지 수년이 흘렀다. 열 번이 넘는 크고 작은 시험들. 결코 쉬운 일이 아니었다. 포기할까 생각한 시간도 분명 존재했다. 통과해야 할 시험보다 지쳐가는 본인의 모습에 겁이 났다. 그런 막막한 시간을 견디는 삶을 이어가던 어느 날.

"합격을 축하드립니다."

그렇게 어둠 속의 한줄기 빛, 혹은 삶의 동아줄이 되어줄 기관사 일을 시작했다.

옥죄어오던 삶의 압박으로부터 이제 가까스로 숨통이 트인 B. 순탄했다. 아니 순탄하다 느꼈던 건지도 모른다. 그간의 삶이 너무 고단했기에, 상대적으로 순탄하다 느낀 것일지 몰랐다.

숱하게 이어지는 야간근무도 그리 힘들지 않았다. 야간근무를 마치고 잠깐의 휴식을 취했다. 아직 어둠이 하늘을 가득 덮고 있을 때, B는 피곤했지만 일어났다. 새벽에 움직이는 첫차를 운행하기 위해서였다. 도시의 하루에 시작과 끝이 있다면, 첫차와 막차가 아닐까? 피곤했지만 도시의 아침을 깨우기 위해 운행을 시작했다. 퇴근한 뒤에는 가족과 친구들과의 시간이 기다리고 있었다. 고단했지만 보람찼다.

그렇게 첫차를 끌고 운행하던 중 선로에 작은 불빛이 보였다. 이상했다. 있어선 안 되는 불빛이었다.

빵!!! 빠아앙!! 빵!! 끼이익. 끼긱. 끼기긱.

즉시 비상제동을 걸었고, 경적을 미친듯이 울렸다. 저 불빛은 사람 같은데…… 직원인가? 하지만 직원이 이 시간에 안전장비도 없이 있을 리가 없었다. 이 생각들을 하는 와중에도 열차는 멈춰지지 않았다.

순간이었다. 사람을 치는 게. 속으로는 제발 멈춰라 멈춰라 간절했지만 열차는 멈추지 않았다. 까마귀나 새들이 부딪혀도 큰 소리가 나는데, 그 충격음이 들리지 않길 바랐다.

쿵.

찰나의 순간, 1초나 될까 하는 시간에 그 잊히지 않을 소리가 났다. 아직 멈추지 못한 열차는 그대로 한참을 더 가서야 멈췄다.

고요했다. 사람을 쳤다는 건 오로지 혼자만이 알고 있었다. 세상과 주변은 아무도 몰랐고, 일상적인 무전이 흘러나왔다. 이 상황을 알려야 하는 입이 타들어갔다.

관제에선 내려서 확인하라고 했다. 직접 확인해야 했지만, 내리는 것이 쉽지 않았다. 가까이 가보니 검은색 형체가 쓰러진 채로 있었고, 옆에 떨어진 핸드폰에선 빛이 흘러나왔다.

멍했다. 꿈인지 생시인지. 근무를 마친 후 동기들이 위로차 모여주었다. 위로휴가 5일을 부여받았고 고향에 가서 가족들과 시간을 보냈다. 심리상담을 받았고, 열흘 정도의 휴식을 가진 후 다시 근무를 시작했다. 하지만 쉬울 리 없었다. 특히 야간이 힘들었다. 선로 옆에 있는 조그마한 신호기나 표지판이 멀리선 꼭 사람같이 보였다. 역을 통과하는 급행열차를 운행할 때 사람들이 안전펜스에 조금만 가까이 서도 신경이 곤두섰다.

시간이 지난 후 그날에 대해 묻는 나에게 형이 말했다.

"왜 하필 거기에 있었을까?

그 당시에는 그 사람이 미웠어.

왜 안타깝게 거기에 와서 차에 부딪힐 일을, 본인이 그렇게 만들었을까.

20대 젊은 남자였다네.

젊은 사람이라서 더 안타깝고 그러네.

처음에는 원망했지만 나중에는 그냥 안타깝더라.

그나마 다행인 건 부딪힐 때 나를 마주보지 않아서 얼굴을 못 봤다는 거.

봤더라면 트라우마가 되게 심했을 거 같은데.

지금도 그 상황이 생생히 생각나지만 얼굴은 안 봐서 그건 다행이라고 생각해."

내 기관사 동기들 중 내가 특별히 좋아하는 형의 이야기이다. 겪어보지 않은 사람은 알 수 없는 얘기들을, 형은 담담한 말투로 내게 전해주었다. 그 담담함에 마음이 미어졌다. 나는 형이 아프지 않길 바랐다.

故 〇〇〇 기관사 분향소.

"부디 편히 잠드시길.

언제나 성실하게 근무했던 기관사.

동료들과 늘 밝고 따뜻하게 지냈던 기관사.

가정의 화목을 가장 중시하던 자상한 가장이자 세 딸의 아빠

였습니다."

내가 처음 접한 기관사의 죽음이었다. 사상사고를 겪은 선배 기관사였고, 거기서 비롯된 아픔으로 스스로 생을 끝냈다.

같은 곳에 근무하던 다른 선배는 예전에 사상사고를 겪고 힘들어했다. 어느 날 열차를 운행하던 중 승강장에서 이유 없이 갑작스레 쓰러진 승객을 보고 관제에 보고하여 승객을 살폈지만, 열차를 운행해야 했던 선배는 그 승객이 괜찮은지 아닌지를 알 수 없었고, 터져나오는 울음을 막을 수 없었고, 그날 더이상 근무하지 못했다. 대기 기관사가 대신 그 일을 마무리했고, 그 선배는 그날 이후 아직 운전업무를 하지 못하고 있다.

다른 기관에서 일하는 어떤 기관사는 사상사고를 겪은 후 힘들어하다, 9년 후 동료가 운전하는 열차에 투신해 삶을 마감했다. 이외에도 사상사고를 겪은 기관사들의 자살 소식은 그리 드문 얘기가 아니다.

비상제동 시 일반열차의 제동거리는 100미터를 훌쩍 넘고, KTX 열차의 제동거리는 약 3.3킬로미터이며 멈추는 데 약 일 분 사십 초가 소요된다. 그 말은, 기관사는 사람이 앞에 있다는 걸 인지한 후 비상제동을 걸고 간절하게 기적을 울리면서도, 사람의 죽음을 막을 수 없다는 것이다. 사람을 치고도 몇십 미터부터 몇 킬로미터까지, 몇 초에서 몇십 초 혹은 일 분 이상까지 끌고 가야 한다.

그들은 꼭 눈을 마주친다고 한다. 선배 기관사들이 말하길 열차에 뛰어드는 그들의 눈을 보면 꼭 후회하고 있다고 한다. 원망이 아닌 후회가 느껴진다고. 그래서 트라우마가 심하다고 한다. 마지막 순간에 기관사를 향한 그 눈빛에는 특별한 이유가 없을지 모르지만, 그 눈길을 마주한 기관사의 삶은 그날부터 바뀐다. 그날부터 새로운 삶을 살게 된다. 그 눈길을 본 이후의 삶, 자살한 사람의 죽음에 마치 본인의 책임이 있는 것처럼 느껴지는 삶, 혹은 본인이 죽었다고 느껴지는 삶. 결코 그렇지 않음에도.

자살하는 사람은 애달프다. 결국 모든 건 자살을 유발하고 방기하는 사회 탓일지 모른다. 하지만 나와 내 동료들, 친한 형, 누나, 친구, 동생 들은 자살이 난무하는 이 사회에서 불시에 자살을 목격하고 자살 사건의 일부가 되며, 타인의 자살로 인해 자신의 삶을 망가뜨리기도 한다. 우리의 의지 따위는 중요치 않다. 오로지 그들의 의지만이 결과에 영향을 미친다. 자살하려는 이들의 절망과 세상의 무심함 앞에서 애먼 기관사들의 삶이 망가져간다.

우리의 바람이라면, 우리 열차에는 의미 있는 것들을 싣고 싶다. 열차는 거대한 전압을 받아들이는 온갖 크고 중요한 장비들부터 냉난방기, 작게는 볼트 너트 하나까지가 모여서 만들어진다. 작은 볼트 하나라도 빠지면 그 커다란 열차는 제 구실을 할 수 없다. 크고 작은 부품들이 빠짐없이 모여 열차를 이루어내듯, 세상을 구성하고 이루어내는 의미 있는 것들을 나는 싣고 싶다.

활기찬 하루, 일상, 친구들과의 만남, 사랑하는 사람과의 나들이.

혹은 고단한 일상과 퇴근길, 힘들었던 하루, 누군가의 슬픔을 달래주러 가는 길.

행복, 사랑, 슬픔, 애환, 보람.

결코 우리를 무너뜨리려 하는 절망을 태우고 싶진 않다. 아니, 절망에 부딪히고 싶지 않다.

혹시 또 절망을 태우게 되진 않을까 걱정되고 무섭지만, 나는 안다. 내 일이 꼭 필요한 일이라는 것을. 그렇기에 안타깝고 힘든 일이 있더라도 결국엔 받아들이고, 오늘도 우리는 열차를 운행한다.

승객과의 조우, 나의 가장 특별했던 손님

기관사가 승객과 직접 만나는 일은 드물다. 가끔 만나는 경우가 있다면, 종점까지 운행한 후 열차의 운행 방향을 바꾸는 회차를 할 때라거나, 운행을 종료하고 차량기지로 입고할 때 정도이다. 원래는 내려야 하는데 내리지 못한 승객들을 만나게 되는 것이다. 열차 내부를 확인하다가 승객과 만나면 잠시 멈칫하다 묻는다.

"못 내리셨어요?"

서로 민망한 상황이다. 그러면 우리는 승객을 가까운 역으로 인도해준다. 그때 머쓱해하며 말을 건네는 승객도 있었고, 안내해주는 내게 도리어 화를 내던 승객도 있었지만, 내게 가장 기억에 남는 승객은 따로 있었다.

여느 때처럼 종점인 장산역에 도착해서 방송을 했다.

"열차 마지막 역인 장산역입니다. 승객 여러분께서는 모두 내려주시기 바랍니다."

모든 승객이 내리기 시작했고, 덕분에 내 열차는 2호선 모든 열차 중에 가장 가볍고 홀가분해졌다.

그런데 그때 한 승객이 요염한 걸음으로 제일 앞칸에 탑승했다. 당황스러웠다. 내리라는 방송을 하자마자 타버리다니…… 하지만 그 승객의 걸음에는 정말로 어떤 요염함이 있어서, 당황보다는 놀라움이 들게 했고 나로서도 그 사실이 내심 싫지 않았던 것 같다. 마침 제일 앞칸이었기에 승객에게 다가가 내리길 부탁했다. 하지만 이 요염한 승객은 내릴 생각이 없어 보였다. 아니 내 말을 듣고 있지 않았다고 표현하는 것이 맞겠다. 나는 승객을 내리게 할 작정으로 붙잡으려 했으나 어찌나 날랜지 내 손길 한 번을 허락지 않았다. 지금에서야 생각해보자면 그 승객에겐 내가 결코 닿을 수 없는 존재였을지도 모른다는 생각이 든다.

결국 관제에 보고했고, 운행 방향을 바꾸어 장산역 반대 승강장에 도착했을 때, 비장한 각오를 한 역무원과 공익요원이 큰 비닐과 빗자루를 들고 기다리고 있었다. 역무원과 공익요원에게는 꼭 해야 할 일이었겠지만, 나는 사실 내 요염한 승객이 잡히지 않길 바랐다. 잡히지 않고 계속 내 열차에 타고 있어주길 바랐다. 내 작은 바람과는 반대로 그들은 너무 능력 있는 사람들이었다. 빗자루와 큰 봉지를 사용하는 법을 어느 정부기관에서 교육이라도 받은 건지, 단숨에 내 승객을 큰 봉지에 넣은 후 내리게 했다. 그렇게 그 요염한 승객은 역무원에게 안긴 채 가장 귀여운 형태로 끌려나갔다. 내 고양이 손님의 하차였다.

대부분의 승객들은 고양이 손님과 같은 상황에 처했을 때(미처 내리지 못했을 때) 불안감을 느낀다. 컴컴한 터널 속에 멈추어 버린 지하철에서 혼자인 자신을 마주하고, 열차 내부에는 불이 켜져 있음에도 순간 낯설어진 공간에 문득 두려움을 느낀다. 아마 자신이 내리지 못한 채 버려지거나 잊히는 게 아닐까 하는 두려움일 것이다. 급하게 누군가를 찾기 시작하고, 기관사를 마주하고 안도한다.

이처럼 일반적인 인간 승객들은 두려워했지만 고양이 손님은 오히려 즐거워 보였다. 이쯤은 아무것도 아니라는 듯이. 다른 승객들과 고양이 승객의 차이는 무엇이었을까? 인간의 입장에서 생각해보자면 우리가 너무 규칙이나 사회적 인식 같은 정해진 틀에 붙들려 살아가기 때문에 그런 것 아닐까? 남들이 하는 대로 하려는, 거기서 멀어진다면 불안해하는, 심할 때는 다르다는 것이 틀린 것이 되어버리기도 하는 어떤 관성이 우리를 막연한 두려움으로 내모는 것이다.

내 고양이 손님은 '사회적 관성'의 영향을 전혀 받지 않았고, 그 와중에도 마냥 즐거워 보였다. 갇혔다고 불안해하는 인간 승객들과 달리, 우리 고양이 승객처럼 관성을 이겨낼 수 있을 때,

삶에서 무언가를 이룰 수 있는 게 아닐까? 가령 꿈을 이룬다거나 하는 꽤 멋진 일 말이다!

아, 그리고 내 고양이 손님이 전해준 바로는, 끌려나간 뒤에 친구 고양이들에게 가 '썰'을 풀었다고 한다.

"너네 지하철 타봤냐?"

개미굴과 지하철의
유사성

혹시 당신은 개미굴에 대해 아는가? 가장 성실하고 체계적이며 또한 사회적이면서도 과학적인 곤충으로 평가받는 개미들이 만든 지하도시이다. 처음에 여왕개미 혼자 첫 삽을 뜨면서 시작된 조그마한 굴이 방대하면서도 체계적인 지하신도시로 건설되는 것이다.

명색이 신도시답게 다양한 시설들이 효율적으로 배치되어 있다. 애벌레들이 모여 있는 개미유치원, 알들을 모아두는 개미산부인과 인큐베이터실, 개미굴 구내식당과 식량창고, 수개미들이 모여 있기 마련인 개미당구장, 병정개미들이 모여서 점호를 하는 개미부대 내무반, 모두를 다스리는 여왕개미의 집무실, 심지어는 시체안치실까지 있다고 한다. 파낸 모래들은 입구 옆에 쌓아서

야트막한 모래언덕 가운데 구멍이 뚫린 개미굴의 시그니처와도 같은 출입구를 아웃테리어한다. 밖에서 보는 이들도 충분히 개미집임을 알 수 있도록 아웃테리어마저 신경쓴 개미굴의 규모는, 땅 위에서 생활하는 우리의 상상을 초월한다. (아웃테리어까지 신경썼으니 인테리어는 오죽하겠는가. 개미굴의 바닥은 대리석이고 천장에는 S사에서 만든 시스템 에어컨이 빼곡히 들어차 있을 것이다.)

재미있는 사실은 이런 개미굴의 특성이 우리 지하철에도 똑같이 드러난다는 것이다. (시체안치실만 빼고. 아니, 혹시 있을지도 모르겠다……) 개미굴과 지하철의 유사성에 대해 잘 믿기지 않겠지만 어쩌겠는가. 사실인걸. 잠자코 읽어보시라. 내가 지금부터 차근차근 설명해드릴 테니.

우선 매일 기관사와 만나는 상황에 필연적으로 놓여 있는 내 아내가 가장 신기해하는 사실부터 말해보겠다. 그건 그녀의 질문에서 알 수 있다. 내가 야간근무를 하는 날이면 그녀가 매일 묻는다.

"오늘은 어디서 자?"

그렇다. 놀랍게도 우리 기관사들은 야간근무를 할 때면 매일 다른 곳에서 잠을 자게 된다. 내가 일하는 부산지하철 2호선 기준으로 하루 약 30여 명의 야간근무자가 존재하고, 그들 모두는 각자 다른 역(침실이 설치된 총 6개의 역사 중 한 곳)에 있는 다른 침실에서 잠을 잔다. 매번 같은 역에서 자는 것이 아니라 정해진 순서대로 역들을 번갈아 다니며 자게 된다. 이번 야간근무 때 J역에서 잤다면 다음 야간근무 때는 D역이나 G역 등 다른 역의 다른 침실에서 자게 되는 것이다.

이렇게 모두 뿔뿔이 흩어져서 잠을 자는 이유는, 우리 기관사들에게는 다양한 주박지가 존재하기 때문이다. 부산지하철 2호선의 경우 총 여섯 곳의 주박지가 존재한다. 침실이 존재하는 6개의 역과 일치한다. 기관사가 주박지에 열차를 입고하고 그 역에 위치한 침실에서 쉬도록 하기 위함이다. 그 여섯 개의 역을 기점으로 부산지하철 2호선 전 노선에 대해 공평한 첫차와 막차 시간을 제공하는 것이다.

만약 주박지 없이 모든 열차들이 아침이면 일정한 차량기지에서 출발하고 밤마다 똑같은 차량기지로 되돌아온다면, 차량기지 반대편에 위치한 역에서는 오전 7시 정도에 첫차를 타고 저녁 9시면 막차가 끊길 것이다. 그래서 노선별로 요충지에 다양한 주박지와 기관사들의 침실을 만들고, 기관사들은 이곳에서 잠을 자게 되는 것이다. 이러한 이유로 인해 기관사인 내가 매일 다른 역에서 자는 것을 아는 아내가 매일 묻는다. 아무리 일 때문이라지만 집 나가서 외박하는 유부남의 행방에 대해.

또한 기관사들의 야간근무에 대한 우리끼리의 규칙도 존재한다. 주박지마다 최소 2개에서 최대 8개까지의 침실이 비치되어 있는데, 그중 제일 먼저 운행을 마치고 해당 주박지의 침실로 들어온 기관사의 역할이 존재한다. 모든 침실에 이불과 베개를 세

팅하고, 여름이면 에어컨, 겨울이면 바닥보일러를 기동하여 최적의 취침환경을 만들어둔다. 뒤에 늦게 들어오는 기관사들을 조금이라도 더 빨리 쉬게 해주기 위한 우리끼리의 배려가 어느 순간 이런 규칙을 만들었다. 잠자리를 까다롭게 가리는 편이라 개인 침낭과 베개를 들고 다녀서 공용 침구류를 일절 사용하지 않는 나 역시도, 내가 해당 주박지의 침실에 제일 먼저 들어간 기관사일 때 동료들을 위해 최적의 수면세팅을 해준다. 생각해보라. 내 뒤에 침실로 들어온 기관사들이 얼마나 기쁘겠는가. 여름에 땀을 흘리며 힘들게 침실로 들어왔는데 나를 위해 아이싱된 침실이 존재한다면, 혹은 겨울에 덜덜 떨며 들어온 침실이 나를 위해 따뜻하게 데워져 있다면 말이다.

이제 개미굴과 지하철의 유사성에 대해 좀 감이 오는가? (혹시 진짜 개미일지도 모르는) 기관사가 지하철이라는 개미굴 속을 열심히 돌아다니며 일하다가 밤만 되면 정해진 지하공간의 자기 자리를 찾아가서 잠을 잔다. 이런 독특한 기관사들의 침실 이외에도 지하철 역사와 지하에는 (승객들은 몰랐겠지만) 강의실이나 휴게실, 보건실, 샤워실, 구내식당 등 다양한 시설들이 마치 개미굴처럼 빼곡히 자리해 있다. 심지어 개미굴 출입구와 지하철 출입구도 닮아 있다. 둘 모두 야트막한 언덕 가운데에 출입구용 구멍이 뚫려 있는 모양새이고, 그것이 빗물의 유입을 막는다는 사실마저 다름이 없었다. (개인적으로 친분 있는 개미의 말에 따르면, 개미들도 개미굴 출입구에 번호를 매겨둔다고 한다. 우리가 "○○역 ×번 출입구에서 만나자" 하고 약속하듯이, 개미들도 약속을 잡을 때 "○○ 개미굴 ×번 출입구에서 보자" 하는 식으로 약속을 잡는다고 한다.)

이제는 내가 더이상 이야기하지 않더라도 확실히 감이 왔을 것이다. 개미굴과 지하철의 유사성에 대해. 하지만 아직 설명을 끝내기엔 이르다. 그 주체인 개미와 인간에 대해 설명할 것이 남았기 때문이다.

개미굴의 이용자이며 설계자는 개미이고, 지하철의 이용자이며 설계자는 인간이다. 비단 개미굴과 지하철뿐만이 아니라, 그곳의 주인인 인간과 개미라는 종 또한 닮아 있다. 개미도 협동하고 사람도 협동한다. 개미는 페로몬을 이용해 줄지어 다니고, 우리 인간도 지하철을 타고 줄지어 다닌다. 인간도 개미도 제 나름의 규칙을 만들고 각자의 사회 안에서 질서 있게 살아간다.

그렇다면 같은 굴이라는 관점에서 본질적인 질문을 던져보자. 인간은 왜 굴을 파는 것인가? 인간인 입장에서 생각해보면, 지상에는 지하철을 둘 자리가 없기 때문이다. 당연한 소리다. 지하공간을 낭비하지 않고 최적으로 공간을 활용하기 위해 우리는 지하를 선택한 것이다.

그러면 개미는 왜 굴을 파는 것일까? 아무리 높은 곳에서 떨어져도 죽지 않는 개미가 굳이 지하에 개미굴을 파기로 선택한 이유가 있을 것이다. 내가 개미가 아니라서 그 이유는 잘 모르겠지만, 결과적으로 개미들의 그 선택은 옳았다. 지구상에 존재하는 개미의 종은 약 1만 2천 종 이상이며, 개체수는 약 2경 마리로 추산된다. 약 80억 명인 인간의 250만 배에 이른다. 과연 인간이 지구의 주인이라 할 수 있을까? 어쩌면 개미와 우리는 사실 경쟁중인 것일지도 모르겠다. 지구라는 행성의 주인이 되기 위한. 지구의 주인을 가리는 싸움은 사실 땅 밑에서 벌어지고 있었던 것이다. 개체수가 몇이냐를 따지자면 개미가 지구의 주인이고, 총 무게를 따진다면 인간이 지구의 주인일 것이다. ('본격 지하땅굴 왕중왕전, 지구의 주인 가리기 인간 vs. 개미', 자세한 방영일자는 TV편성표를 확인하세요.)

과연 이 싸움의 승자는 누구일 것인가? 결과는 아직 알 수 없지만, 당신이 인간의 탈을 쓰고 인간 행세를 하는 개미가 아닌 이상 인간이 이기길 바랄 것이다. 나 역시 마찬가지로 인간이 이기길 바란다. 생각해보라. 개미에게 패배해 개미의 채찍과 지배 아래에서 살아가는 우리의 모습을. 결코 개미에게 무릎 꿇고 싶지는 않을 것이다. 그러니 지지 말자. 개미들에게 지지 않기 위해서라도 개미굴과 최일선에서 경쟁중인 우리 지하철을 많이 이용해달라. 진지하게 말하지만 절대 내 사리사욕을 채우기 위해서가 아니다. 알다시피 난 청렴한 공직자이니까.

역사가 이들을 기억하리라, 지하철 승객 백서

기관사의 일은 단조롭다. 어둡고 똑같이 생긴 끝없는 터널과 회색의 지하철. 삭막하다는 말로 표상되는 무채색의 세상이다. 그런데 가끔, 거기에 색을 불어넣어주는 승객들이 존재했다. 나와 내 기관사 동료들은 말 그대로 각양각색의 승객들을 만나봤는데, 그 소중한 사료들을 토대로 역사가 반드시 기억해야만 할 승객들에 대한 역사적인 기록을 해보려 한다. 이것은 철도 역사상 최초로 집필되는 '지하철 승객 백서'이다.

제1장 숙박형

기관사로서 일을 시작한 지 얼마 되지 않았을 때였다. 화창한 일요일 오후였고, 나는 지상구간을 달리며 기분좋은 햇살을 만 끽했다. 기관사의 작은 낭만이었다.

종점에 도착해 열차 안에 내리지 못한 승객이 있는지 살폈다. 그때 객실 통로문 사이로 저다음 칸에 앉은 무언가가 보였다. 검은 정장바지가 감싼 축 늘어진 다리와 신사용 구두, 잠들어서 내리지 못한 승객임을 확신하고 그에게 다가갔다.

쓰러져 있는 그의 몰골은 대단했다. 풀어헤친 흰 셔츠, 그가 매어놓았다기보다는 가까스로 그의 목에 매달려 있는 듯한 넥타이, 눅눅해 보이는 검은 정장, 의자에 접착되어버린 것만 같은 그의 엉덩이, 분명 앉아 있지만 거의 누운 듯한 그의 자세, 미처 빠지지 못한 알코올이 모여 있는 듯한 시뻘건 뺨. 그는 나에게 그의 상태에 대해 한마디도 하지 않았지만, 그의 부산물들이 그를 대신해 증언하고 있었다. 나는 다가가 말을 걸면서도 그가 답하지 못할 것이라 확신했다.

"손님~ 손……"

"네?!!!"

서운하게도 그는 기대와 달리 내 말이 끝나기도 전에 잠에서 깨어났다. 오히려 놀란 내가 되물었다.

"모…… 못 내리셨어요?"

깊은 잠에서 갑작스레 깨어나 정신을 차리는 중인 그와 당황한 나의 대화는 조금 더 이어졌고, 그는 나에게 어쩌다 우리가 이 공간에서 운명처럼 만났는지에 대한 몇 가지 정보를 제공해주었다.

그는 전날 광란의 밤을 보냈다. 해가 뜨고 나서 아침 7시쯤 집으로 가기 위해 지하철을 탔고 잠이 들었다. 나는 치열한 밤을 보낸 그가 대단하다는 생각을 하며 그의 무사귀가를 기원했다. 잠시 뒤 그와 헤어지고 갑작스레 깨달았다.

'아니, 지금 시간이 오후 2시인데?'

그가 어딘가 개운해 보인다는 느낌이 들었는데, 황당할 정도로 당연한 일이었다. 대략 일곱 시간을 잤으니. 아까 뒤돌아서는 내 뒤로 기지개를 힘차게 켜던 커다란 덩치의 그가 귀엽다는 생각이 들었다. 그는 내 지하철 최초의 투숙객이었다.

제2장 닌자형

이것은 경상남도 김해에 소재한 김해경전철에서 내려오는 전설적인 이야기이다. 더 정확히는 김해경전철을 위기로 몰아넣었던 한 닌자에 대한 이야기이다.

김해경전철은 모든 구간의 선로가 전용 교량 위에 위치한 하늘을 달리는 열차이다. 점프력이 50미터를 넘지 않는 이상 사람이 들어갈 수 없으므로 출입을 막기 위한 별도의 펜스가 필요치 않다. 하지만 김해국제공항을 지나는 '공항'역 부근의 국제선 청사 쪽에만 펜스가 설치되어 있는데, 이 펜스는 아프리카 서부 라이베리아 공화국 출신의 닌자가 만들었다.

공항역 부근에는 김해공항 국제선청사의 2층 고가차도와 김해경전철의 선로 사이를 잇는 지붕 같은 구조물이 있다. 그런데 국내로 입국한 라이베리아 사람 한 명이 이 지붕을 타고 선로로 넘어와 사상역까지 걸어가는 일이 있었다. 선로에 사람이 있다는 승객의 민원에 모든 열차 운행을 중지하고 닌자를 검거했고, 그 이후로 공항역 부근 선로에만 닌자의 출입을 막기 위한 '닌자 방지 펜스'가 설치되었다.

번외로 나는 승객으로서 김해경전철을 이용하다가 승강장에서 줄넘기를 하는 승객을 마주한 적이 있는데, 혹여나 어쭙잖은 마음가짐으로 김해경전철을 이용할 생각은 하지 않기를 바란다. 생각 없이 김해경전철을 이용하다가는 승객을 가장한 비범한 인물들로 인해 어떤 장르에 휘말릴지 모르기 때문이다.

제3장 흡혈귀형

서울지하철에 근무하는 내 열차 운전면허 동기인 기관사 J는 어느 날 지하철에서 흡혈귀를 목격했다. 어느 추운 겨울날 늦은 저녁, J는 운행사업을 마치고 기지에 열차를 입고했다. 혹시 내리지 못한 승객이 있는지 살피기 위해 열차 내부로 이동하며 확인하던 J의 눈에 무언가가 들어왔다. 객실 의자 아래쪽 틈에서 옷이 조금 삐져나와 있었다. 이상했다. 아니 말이 되지 않는 일이었다. 그 앞에 잠시 서 있던 J가 용기를 내어 객실 의자를 들어올렸다.

거기에는 흡혈귀가 누워 있었다. 관 속에 누운 흡혈귀가 평온하게 잠을 자듯, 다소곳한 자세로 잠을 자고 있었다. 그 흡혈귀는 취객인 척 J를 속이고 정신없는 듯 일어나 그 자리를 빠져나갔지만 모를 일이었다. 이상기후로 인해 극도의 추위를 느낀 진짜 흡혈귀가 히터로 따뜻하게 데워진 지하철 객실 의자 아래에 둥지를 틀려다 실패한 것일 수 있었다. 내가 봤을 때 J는 흡혈귀의 손아귀에 넘어갈 뻔한 서울지하철을 구한 것이 틀림없었다.

제4장 미안해하던 아저씨

승객이 갑작스레 건강의 이상을 느껴 쓰러지거나 도움을 요청하는 일이 가끔 일어난다. 그중에서도 가장 기억에 남는 승객이 있다.

그날 나는 운행을 마치고 다른 기관사와 교대하고 광안역에 내렸다. 다음 운행까지는 시간이 약간 비어 있어서 대기하기 위해 광안역 안에 위치한 기관사 대기실로 향했다. 그런데 기관사 대기실을 불과 5미터 정도 앞두고 내 바로 앞에 걸어가던 아저씨가 조금 이상했다. 윽윽 하는 소리를 내며 반쯤 쓰러지듯 걷기 시작했다. 그러더니 이내 쓰러져서 발작했다. 냅다 달려가 아저씨의 상태를 살피고 119에 전화를 거는데, 어느새 옆에 동료 기관사 L이 달려왔다.

"무슨 일이야? 왜 그래?"

"갑자기 쓰러지셨어. 119에는 내가 통화하고 있어. 역무실에 좀 알려줘."

늘 비상상황에 대비하는 기관사들인지라 L과 나는 마치 이런 상황에 대해 훈련이라도 받은 것처럼 처리했다. 구급대원이 전화로 알려주는 대로 의식과 호흡, 발작 상태 등을 살펴서 보고하고 지시사항들을 따랐다. 구급대원이 도착하기 삼 분쯤 전, 다행히 발작이 멈추더니 아저씨가 정신을 차렸다. 원래 지병이 있으시냐는 내 물음에 가끔 이런다고 얼버무리고는 급하게 자리를 뜨려 하시길래, 구급대가 다 왔으니 괜찮은지 확인만 받고 가시라고 아저씨를 붙잡았다. 잠시 뒤 구급대원이 도착해 상태를 확인했고, 뇌전증 때문에 그렇다고 아저씨는 연신 미안해하며 우리를 떠났다.

내가 마음이 쓰였던 건, 뇌전증 발작이 오는 것을 느끼고 사람이 적은 기관사 대기실 앞쪽으로 향했다는 아저씨의 말이었다. 그리고 연신 괜찮다고 미안해하던 아저씨. 발작이 오는 걸 느끼고 오히려 사람이 없는 쪽으로, 타인으로부터 도움을 받기 힘든 곳으로 힘겹게 향했다는 사실이 안타까웠다.

제5장 파스 중독자형

이번에는 후배 기관사 S의 이야기이다. 주말 점심때쯤이었다.

S는 기점인 양산역에서 출발시간까지 열차의 문을 열어놓고 기다렸다. 출발시간이 되었고 출입문 닫는다는 방송을 내보냈다. 출입문을 닫기 위해 후사경으로 승강장을 살폈는데, 할머니가 고객대기선 밖으로 뛰고 있었다. 불안했던 S가 출입문이 닫힌다는 방송을 다시 한번 했는데도 할머니는 타지 않았다. S는 결국 닫힘 버튼을 눌렀다.

출입문이 거의 다 닫히고 약 30센티미터가량 덜 닫혔을 즈음 할머니가 문틈으로 다리를 끼워넣었다. 깜짝 놀란 S가 출입문을 급하게 다시 열었고 할머니는 열차에 탑승했다. S는 문을 다시 닫았고 승객들에게 안내방송을 한 뒤 열차를 출발시켰다. 그런데 뭔가 기분이 이상했다. 다음 역에 정차했을 때 운전실 출입문의 유리(밖에서는 운전실 안이 보이지 않지만 안에서는 구멍으로 밖을 볼 수 있다)로 객실을 살폈더니, 아까 그 할머니가 제일 앞칸으로 이동해 운전실 출입문 바로 앞 의자에 앉아서 부딪힌 다리를 만지고 있었다.

그렇게 몇 정거장을 운행하다가 열차가 우리 기관사들의 교대장소인 호포역으로 출발했을 때, 할머니가 자리에서 일어나 운전실 출입문 바로 앞에 서서 운전실 안쪽을 뚫어져라 노려보기 시작했다. 마치 곧 기관사가 내린다는 사실을 알기라도 하는 것처럼. 잠시 뒤 열차가 호포역에 도착하고 기관사끼리 교대하기 위해 S가 운전실 출입문을 열자 할머니가 기다렸다는 듯이 다가서며 말했다.

"내가 양산역에서 출입문에 부딪혔어."

"아…… 네, 우선 내리시죠."

교대한 기관사와 열차는 떠나고 승강장에는 S와 할머니만 남았다. 처음에 할머니는 좋게 말했다고 한다. 요점을 정리해보자면 이랬다. 양산역에서 본인이 지하철을 타려다 출입문에 끼었는데 너무 아프다, 병원에 가야 할 거 같은데 병원비까진 아니어도 파스값은 달라.

당황한 S가 일단 죄송하다고 많이 아프시냐 묻고, 그렇지만 여차저차한 사유로 인해 돈은 드릴 수 없다고 했더니 할머니의 언성이 점점 높아지고 분노 게이지가 올라가기 시작했다.

"돈 내놔!! 돈 내놓으라고!!"

S의 말에 따르면 그 눈빛은 잊을 수 없는 것이었다. 마치 영화에서 본 마약하는 사람처럼 뭔가에 홀린 듯이 그렇게 소리를 질렀다고 한다. 도저히 얘기가 통하지 않아서 죄송하다 말하고 S는 다음 근무를 위해 돌아섰다. 조금 가다가 뒤돌아 보니 할머니는 다시 양산역으로 돌아가는 방향의 열차를 타려고 기다리고 있었다. 나중에 팀장님에게 보고하니, 팀장님은 그저 슬쩍 웃으며 말했다.

"어디 경로당에서 그러면 돈을 받을 수 있다고 말이 돈 거 같더라. 요즘 그런 일이 자주 있네. 다음에 또 그런 일이 있으면 콜센터에 전화하시라고 말씀드려라."

그래, 할머니는 일부러 발을 넣었다. 파스값을 위해.

제6장 철덕형

내 기관사 동기 L이 종점에서 회차할 때였다. 역시 내리지 못한 승객이 있는지 살피던 중 한 여성 승객과 마주쳤다. L이 물었다.

"못 내리셨어요?"

여성 승객이 대답했다.

"한참 기다렸는데도 안 오는데, ○○ 편성은 언제 들어와요?"

놀란 L이 답했다.

"네? 저도 잘 모르는데요?"

여성 승객이 아쉬워하며 탄식했다.

"아아……"

여성 승객은 '철덕'(철도 덕후의 줄임말)이었다. '편성'이란 지하철에서 각 열차를 구별하는 해당 열차의 번호 같은 것인데, 이 여성 철덕 승객은 만나고 싶었던 편성이 있었던 것이다. 이외에도 철덕 승객들은 곳곳에 숨어 있다. 승강장으로 진입할 때 사람 팔뚝만한 망원렌즈를 장착한 카메라를 들이대는 철덕 승객들을 마주치며 흠칫 놀랄 때도 있다.

철덕 승객들이 대단한 부분은, 우리조차 잘 기억하지 못하는 세부적인 사항들을 줄줄 외우고 다닌다는 것이다. 각 열차들의 특징이나 개조 이력 혹은 내장된 장치들이라거나 각 지하철 역사의 내부구조를 전부 외우는 식이다. 흡사 걸어다니는 지하철 나무위키랄까.

제7장 체조선수형

열차를 운행하고 있던 어느 날, 관제에서 무전이 왔다.

"저기 기관사님…… 턱걸이하는 사람이 있다는데…… 못 하게 방송 좀 해주세요."

"턱걸이요? 아, 네……"

제8장 힙하고 의협심 넘치던 승객

야간근무를 하다가 종점인 양산역에서 회차할 때였다. 내리지 못한 두 명의 승객을 만났다. 한 명은 술에 취해 곯아떨어졌고, 다른 한 명은 일어서서 어쩔 줄 모르겠다는 듯 서성이고 있었다. 그는 20대 초중반의 대학생 같아 보였다. 노이즈캔슬링을 지원하고 귀를 다 덮어주는 헤드셋을 목에 걸고 광택이 나는 예쁜 검은 패딩을 걸친 그는…… 힙했다. 못 내리셨냐 물었더니 딴소리를 한다.

"저분 때문에 못 내렸어요……"

"네?"

"저분이 술에 취해서 잔다고 안 내리는데 어떤 아저씨가 핸드폰을 몰래 가져가려고 해서, 제가 노려보니까 그냥 가더라구요. 그렇게 지키고 있다보니 문이 닫혀서……"

"아유, 감사하네요. 어디 역 가세요? 종점인 양산역 가시는 거죠?"

"네, 맞아요."

"멋지시네요! 앉아 계세요. 제가 관제에 얘기해서 잘 귀가시켜드릴게요. 걱정 마시고 양산역에 내리시면 돼요. 조심해서 가세요."

"네, 수고하세요."

힙하면서도 의협심 넘치던 승객이었다. 요즘 젊은 세대가 이러니저러니 떠드는 사람들은 부산지하철 2호선 종점인 양산역에 가보기 바란다.

이외에도 다양한 승객들은 넘쳐나지만, 역사에 반드시 기록되어야 할 승객들에 대한 나의 '지하철 승객 백서'는 8장이 마지막이다. 내 '지하철 승객 백서'에는 아깝게 오르지 못했으나 나의 기억에 남아 있는 승객들은 끝이 없다.

쓰러진 할아버지를 일으켜주고 쿨하게 갈 길 가던 아저씨. 닫힌 문에 화를 내고 발길질을 해대던 아저씨. 추위를 피해 열차로 들어온 노숙인. 수고해줘서 감사하다며 음료를 건네주시던 아주머니. 본인의 일행이 아직 오지 않았다며 비상정지버튼을 눌러 부근의 모든 열차를 비상정지시킨 아주머니. 답답하다며 달리는 지하철의 문을 열어버린 청년. 코로나 기간 때 마스크를 끼라는 역무원에게 화를 내던 할아버지. 공익요원에게 주먹을 날리던 취객. 땅에 떨어진 쓰레기를 줍던 학생.

신기하리만치 다양하다. 기관사로 근무하기 전에는 지하철을 이용하는 승객들의 이미지를 생각해보자면, 오피스룩을 입고 출퇴근하는 바쁜 직장인들이나 등하교하는 학생들 정도를 떠올렸다. 하지만 7년 동안 기관사로 근무해온 나는 내가 생각하던 '지하철 승객들'이라는 이미지에 부합하지 않는 독특한 승객들을 훨씬 많이 만났다.

처음에는 내가 우연히 그날만 독특한 승객들을 만난 것뿐이라고 생각했지만, 지금은 생각이 바뀌었다. 세상에는 내가 생각지 못한 독특한 승객들만이 존재한다고.

다양한 손님들이 내 열차를 타고 나는 다양한 손님들과 만난다. 거기에는 좋은 손님도, 나쁜 손님도, 반가운 손님도, 껄끄러운 손님도 있다. 세상 모든 일에는 인과관계가 존재하니까, 마찬가지로 여기에도 어떤 인과관계나 이유가 존재하지 않을까. 내가 좋아하는 시로 '지하철 승객 백서'의 집필을 마무리해 본다.

여인숙

잘랄라딘 루미

인간이 살아간 자리는 여인숙과 같다.
매일 아침 새 손님이 도착한다.

백팩은

부산교통
Busan Transportati

처음에는 내가 우연히 그날만 독특한 승객들을 만난 것뿐이라고 생각했지만, 지금은 생각이 바뀌었다.
세상에는 내가 생각지 못한 독특한 승객들만이 존재한다고.

희망, 절망, 비애
그리고 순간 스치는 깨달음, 그 밖의 많은 것들이
예기치 못한 방문객처럼 찾아든다.

그 모두를 환영하고 환대하라.
설령 그들이 슬픔의 무리여서
그대의 살림을 난폭하게 쓸어가고
가구를 몽땅 가져가더라도.

그럼에도 불구하고 모든 손님을 존중하라.
그들은 어떤 새로운 기쁨을 주려고
그대가 머문 자리를 청소하는 것인지도 모르니.

암울한 생각, 수치심, 후회
그 모든 손님을 문 앞에서 웃으며 환대하라.
그리고 그들을 집안으로 초대하라.
누가 들어오든 감사히 맞으라.

모든 손님은 저멀리 알 수 없는 존재가 보낸
안내자들이므로.

하나 덧붙이자면 '힙하고 의협심 넘치던 승객'을 비롯한 모든

승객이 그들에 대한 이 글을 읽어봤으면 한다. 그들이 나의 안내자였던 것처럼, 나 역시 그들의 안내자이기도 했으므로.

수요 없는 공급,
차 놓치는 꿈

꿈에 대한 신기한 이야기가 있다. 누군가가 어떤 꿈을 꾸다가 놀라며 잠에서 깬다. 그런데 다른 날 밤에도 비슷한 내용의 꿈이 반복된다. 잊힐 만하면 한 번씩 그 꿈을 다시 꾼다. 더 신기한 것은, 그 꿈을 꾸는 사람이 나 혼자가 아니었다는 사실이다. 특정한 범주 안에 속한 사람들이 그 꿈을 공유하고 있었다.

기관사라는 범주에 속한 사람들이 꾸는 꿈이 있다. 바로 '차 놓치는 꿈' '차 안 가는 꿈' '차 박살나는 꿈'. 기관사로 일하며 생기는 다양한 비상상황들에 대한 꿈이다.

기관사로 살아가다보면 내가 지금 수백 명의 승객을 태운 차를 운행하고 있으며, 그 안전과 책임이 오로지 나에게 달려 있다는 생각이 덮쳐오는 순간이 있다. 느닷없이 나를 짓누르는 듯한 커다란 책임감에, 일을 하기가 덜컥 겁이 나기도 한다. 기관사들이 공유하는 이런 꿈들은 일상에서 안간힘을 다해 버티고 있던 무언가가 허물어져 덮쳐올 때 찾아온다. 무의식중에도 그런 걱정을 하고 있었기에 흉흉한 꿈이 덮쳐오는 것이다.

나의 경우에는 '차 놓치는 꿈'을 자주 꾸었다. 정해진 시간에 정해진 역의 정해진 위치에서 이전에 운행하던 기관사와 교대를 해줘야 하는데, 시각이나 위치를 착각하거나 기타 긴급한 이유로 교대해주지 못했을 때 차를 놓쳤다고 표현한다. 차를 놓치면 아주 피곤한 상황이 벌어진다. 기관사들의 근무는 교대해주고 교대받으며, 복잡하고 유기적으로 이루어진다. 그런데 그 일부에 속한 내가 차를 놓치면 내려서 다른 열차를 운행해야 할 기관사의 자리가 비게 되고, 나는 내 열차를 놓쳤으니 갈 곳을 잃는다. 한마디로 모든 것이 순식간에 꼬여버린다. 그런 압박이 내가 '차 놓치는 꿈'을 꾸게 만들었을 것이다.

또 자주 꾸었던 꿈은 '차 안 가는 꿈'이다. 20년도 넘은 고물 열차가 고장이 났다거나 하는 등의 이유로 움직이지 않는 것이다. 실제로 근무중 우리들의 고물 똥통 열차는 자주 고장이 난다. 별거 아닌 고장의 경우, 웬만한 고장 상황에 익숙한 우리는 즉각 조치해서 열차를 정상화시키고 운행을 재개한다. 하지만 가끔 찾아오는 심각한 고장이 터져버리면 얘기는 달라진다. 나 하나의 잘못된 조치로 인해 뒤에 탄 승객 수백 명의 일상에 지장이 생길 수 있다는 생각에 식은땀이 난다. 아니, 어쩌면 그냥 일상적인 상황에 놓인 게 아닌 사람들이 더 많을지도 모른다. 예를 들면 취업 면접에 가고 있다거나 일생일대의 비즈니스 미팅에 가고 있는 사람이 있다면 이를 어쩐단 말인가. 내가 누군가의 인생을 망칠지도 모른다는 생각에 이르면 모골이 송연해진다. 관제에서도 난리가 난다. 관제사들의 고성이 무전으로 날아와 운전실을 가득 채운다.

"○○○○ 열차 기관사님! 해당 조치 해보셨어요? 그래도 안 됩니까? 비상운전하겠습니다!!"

지지리도 운 없는 기관사였기에 이런 상황을 실제로 많이 겪어본 나는, 자연스레 꿈에서도 고장난 열차 운전실에서 홀로 고통받는 것이다.

이외에도 나는 꿈속에서 대지진으로 열차 대부분이 파괴되는 끔찍한 비극을 맞기도 했고, 화재, 해일, 운석 충돌 등 온갖 재난 블록버스터 영화들이 단 1원의 제작비 없이도 밤마다 스펙터클하게 촬영된다. 꿈에서 차를 놓쳐 택시를 타고 열차를 쫓아간다거나 뒤로 굴러가는 열차를 막지 못해 울부짖기도 한다. 수요 없는 공급이다. 그 어떤 기관사도 현실에서도 꿈에서도 보고 싶어하지 않는 장면이기에.

재밌는 건, 차를 내린 기관사는 더이상 이런 꿈을 꾸지 않는다는 것이다. 기관사로 근무하지 않고 기관사 지원업무를 맡는 것을 '차 내린다'고 표현하는데, 차 내린 기관사들의 경우는 신기하게도 이런 꿈을 꾸지 않는다고 한다. 반대로 차를 내리고 지원근무를 하다가 기관사 업무로 돌아오면 거짓말처럼 그 꿈이 다시 시작된다.

기관사라는 범주에 속하며 기관사의 업무를 수행하는 사람들에 한해서만 이런 꿈들이 반복되는 거라면, 거기에는 어떠한 이유가 존재한다고 의심해보는 것이 합리적이지 않을까?

그리스 신화에서 바람의 신 아이올로스의 딸 알키오네는 뱃길을 떠난 남편 케익스가 폭풍을 만나 죽은 줄도 모르고 헤라 여신에게 남편이 무사히 돌아오게 해달라고 날마다 기도하였다. 차마 두고 볼 수 없었던 헤라는 무지개의 여신 이리스를 통해 잠의 신 히프노스에게 뜻을 전했고, 히프노스는 다시 꿈의 신인 아들 모르페우스에게 헤라의 뜻을 전했으며, 그 뜻을 전해 들은 모르페우스는 남편 케익스의 죽음을 알키오네에게 전해주었다.

소리 없이 펄럭이는 커다란 날개를 가져서 순식간에 땅끝까지 날아갈 수 있는 모르페우스는 알키오네의 꿈속으로 날아가 케익스의 모습으로 알키오네와 마주했다. 케익스의 모습을 한 모르페우스는 자신이 이미 죽었으니 힘들어하지 말고 애도해달라고 말했고, 알키오네는 비로소 남편의 죽음을 알 수 있었다.

알키오네의 꿈에는 수많은 신들의 뜻이 얽혀 있었다. 신들의 여왕 헤라, 무지개의 여신 이리스, 잠의 신 히프노스, 꿈의 신 모르페우스.

이처럼 어떠한 꿈들, 특히 반복되는 꿈들에는 누군가의(혹은 세상의) 의도가 숨어 있다고 볼 수 있지 않을까?

남자들의 경우 흔히 군대 다시 가는 꿈을 꾸곤 한다. 군대 꿈을 꾸는 남자들은 꿈꾸는 도중에도 필연적으로 불쾌한 기분에 휩싸인다.

'이게 아닌데? 나 전역했는데…… 점호를 한다고?'

깨고 나선 기분이 아주 나쁘지만, 무엇보다 현실이 아님에 감사하게 된다.

'와씨…… 다행이다, 꿈이네……'

하루를 살아갈 원동력이 생긴다. 별다를 거 없었을 하루가 이상하게 감사한 하루가 되어버린다.

기관사로서도 차 놓치는 꿈, 차 안 가는 꿈, 차 박살나는 꿈들을 꾸고 깨어서 생각한다.

'와, 식겁했네…… 다행이다, 꿈이라서……'

안 좋은 꿈을 꾸고 일어나면, 그간 그리 소중한지 모르고 지나왔던 것들에 새삼 감사하게 된다. 아침저녁으로 점호를 하지 않아도 된다는 사실이라거나, 별 탈 없이 하루하루 지하철 운행을 해내고 있다거나, 주변 사람들과 아웅다웅하지만 꽤 괜찮은 삶을 살아가고 있다는 사실이 마치 기적처럼 느껴진다. 별 볼 일 없고 평탄한 것만 같았던 내 소소한 일상이 실은 기적의 연속임을 실감하게 된다.

누구나 악몽을 꾸는 날이 있다. 혹은 현실 속에서 악몽 같은 생각과 걱정에 짓눌리는 날도 있게 마련이다. 하지만 그 모든 악몽 같은 순간은 타성에 찌들어 있던 우리로 하여금 하루하루의 소중함을 생생하게 깨닫게 하기 위해, 누군가 우리를 흔들어 깨우는 손짓 같은 게 아닐까?

내 옆의 소중한 사람들, 내가 사랑하는 것들, 다행히 아직은 괜찮은 건강 같은 것들. 최소한 안 좋은 꿈을 꿀 때만이라도 돌아봐야겠다. 그러라고 만들어놓은 '안 좋은 꿈'일 테니 말이다.

지하철 믹스커피의 맛을 아십니까, 자판기위원회의 뜨거운 역사

우리 회사 기관사 대기실에는 두 대의 커피자판기가 공존한다. 한 대는 고장으로 작동이 멈춰버린 오래된 믹스커피 자판기이고, 또다른 한 대는 이번에 새로 들어온 원두커피 자판기이다. 작동하지 않는 믹스커피 자판기는 오랜 세월 동안 기관사들의 토크타임과 화합을 이끌었으나 이제 곧 역사 속으로 사라질 운명을 맞고 있었다. 막판에 고장과 여러 사정들이 겹치면서 운영을 접었고 원두커피 자판기에게 시대를 물려주어야만 했다.

멈춰버린 믹스커피 자판기에는 고장과 세월의 흔적이 그대로 남아 있었다. 자판기 얼굴 위에는 A4용지 한 장이 붙어 있는데, 고장으로 500원짜리 동전을 반환받지 못한 기관사들의 이름을 적어두라는 문구 아래 수많은 기관사들의 이름이 오와 열을 맞취 적혀 있었다. 내가 좋아하는 건 그 아래 여백 어딘가에 적힌 누군가의 낙서.

'순삼이 돼지'

순삼이는 이름처럼 정이 가는 친구였다. 나는 어딘가 정이 묻어나는 순삼이의 인사가 늘 좋았고, 우리 기관사들은 모두 순삼이를 좋아했다. 순삼이는 '자판기위원회'의 총무로서 자판기를 관리하고 운영하는 역할을 맡아주고 있는 기관사 동료였다. 아마 500원을 반환받지 못한 누군가가 앙심을 품고 그런 복수의 낙서를 했을 것이다.

그런데 '자판기위원회'……? 이상한 말이지 않은가? 나를 포함한 부산지하철 기관사들에겐 익숙한 말이겠지만, 아마 지하철 바깥 세상에는 자판기위원회 같은 건 존재하지 않을 것이다.

자판기위원회는 우리 기관사들끼리의 커피당번이라고 볼 수 있다. 어릴 적 학교에서 당번을 했듯이 우리가 이용해야만 하는 커피자판기를 관리하는 당번 같은 존재이다. 철저히 비영리를 추구하며 오로지 커피자판기의 운영과 유지관리를 위해서 우리 기관사들끼리 운영하는 단체이다.

'자판기위원회'는 1명의 회장과 2명의 총무 그리고 여러 명의 운영위원(차기 운영진으로서 가끔 시행되는 자판기 대청소를 돕는다)으로 구성되어 있으며, 한 번 운영진으로서 임기를 마치면 다시는 자판기위원회의 일원이 될 수 없다. 철저히 비영리를 추구하기 때문에, 운영진이 고이지 않도록 하기 위함이다. 회장은 결정

권자로서 1~2년의 임기를 가진다. 자판기가 고장났을 때 수리한다거나, 자판기에 대한 각종 의견을 수렴하여 최종적인 의사 결정을 하는 막강한 권한을 누린다. 이번에 새로 들어온 원두커피 자판기도 현 회장의 주도로 이루어졌다.

총무는 매일 물 채우기, 자판기 청소, 잔돈 관리, 재고 파악 및 주문 관리 등 전반적이고 실제적인 업무를 담당한다. 총무들의 고생이 상당히 큰 편이다. 매일 물을 채우고 청소를 해줘야 하다보니 쉬는 날에도 자판기 관리를 위해 회사에 오는 경우가 허다했고, 재료 구입이나 잔돈 교환, 수리, 대청소 등을 위해 개인적인 시간을 써야 했다. 여러분도 잘 아는 총무인 순삼이의 말에 따르면, 인터넷으로 커피가루를 주문하면 유통기한이 짧아 버려지는 문제가 생기기 때문에 쉬는 날 따로 시간을 내어 커피를 구매하러 가야만 하는 고충이 있다 했고, 또다른 총무는 자판기 관리 업무로 인해 개인 일정에 차질이 빚어지는 것이 힘들다는 고충을 전했다.

이런 총무에게 장점이 있다면, 내 커피를 무료로 뽑아 먹고 남에게도 무상 제공하는 대단한 특권이 있다는 점이다. 이 막강한 권한 덕택에 총무에게서 무료커피를 제공받은 수많은 기관사들이 생겨났고, 자연스럽게 우리 기관사 커뮤니티 속 자판기 위원회 총무의 입지가 높아질 수 있었다. 기관사들 사이에 마당발이 되어 자판기위원회 명예의 전당에 헌액된 전설의 총무 A의 인기 비결이 바로 이것이었다. 물론 회장과 총무의 희생에 비해 너무나 작은 권한이었지만, 모두를 위해 희생할 줄 아는 그들은 그 사소함에서 작은 행복을 찾고 있었다.

이 글을 쓰기 위해 자판기위원회에 대해 알아보던 중 그 역사가 대단히 깊다는 사실을 깨닫고 놀랐다. 바야흐로 역사의 시작은 1998년으로 거슬러올라간다. 그해 부산지하철 2호선이 개통되었다. 개통멤버로서 타 호선에서 2호선의 기관사로 넘어온 고참 선배들의 말에 따르면, 당시 각종 시설이 굉장히 열악했다고 한다. 심지어 물에도 석회질이 너무 많아 커피 한 잔조차 마실 수 없었다. 이에 총대를 멘 한 고참 선배의 주도로 사업소 부근에 위치한 절 약수터에서 20리터짜리 말통 4개로 물을 떠다가 각자 집에서 가져온 믹스커피를 타 마신 것이 그 시작이었다.

아무것도 존재하지 않는 무無의 공간에 빅뱅이라는 대폭발 이후 현 우주가 생겨났다는 사실을 알아낸 물리학자들이 느꼈을 환희에 공감이 갔달까. 태초에 말통 4개와 집에서 가져온 커피믹스가 있었고, 그것이 자판기위원회라는 전설이 되었다.

그렇게 5년 정도 약수물 커피 시스템이 유지되다가 새로운 전환점을 맞게 된다. 바로 '손수까페'의 등장. 말 그대로 '손수', 직접 커피를 타먹을 수 있는 작은 카페였다. 믹스커피와 종이컵, 커피포트 그리고 자율계산을 위한 양심돈통. 설비나 관리가 아직 체계적이진 않았지만, 그 나름의 시스템을 갖추었다는 점에서 분명히 기관사들의 커피 역사에 한 획을 그은 커피집이었다.

그렇게 한동안 유지되던 '손수까페'는 작은 문제들을 겪게 된다. 점점 많아지는 이용객에 비해 시스템이 아직 체계적이지 못했기에, 관리 문제가 점점 큰 이슈가 되어갔다. 그러던 어느 날 한 선배가 모두의 의견을 모아 중고 커피자판기를 구해 '자판기위원회'를 출범시킨다. 공식적이고 역사적인 자판기위원회의 첫 등장이었다. 하지만 중고 커피자판기는 이내 말썽을 부렸고, 결국 몇 년 쓰지 못하고 새로운 커피자판기를 구매하게 된다. 그때 구매한 커피자판기가 바로 이번에 은퇴한 믹스커피 자판기였다.

그때부터 자판기위원회의 지휘 아래 믹스커피 자판기는 성황리에 운영되었고, 자판기 앞은 기관사들에게 단연코 가장 핫한 장소가 되었다. 선배들은 출근하면 천 원짜리 한 장을 자판기에 넣고 후배들을 줄 세운 뒤 커피 한 잔씩을 사 먹였고, 자연스럽게 다 함께 커피를 마시며 웃고 떠들었다. 그렇게 커피믹스 자판기는 우리 기관사들의 우정과 연대를 좀더 두텁게 만들어주었다.

하지만 오래도록 우리 곁을 지켜온 커피믹스 자판기도 최근에 큰 위기를 맞았다. 커피믹스 자판기의 수명이 다해버린 것이었다. 잦은 고장으로 잔돈을 반환받지 못하는 사람이 속출했고, 여러 고장들이 추가되면서 운영이 점점 어려워졌다. 게다가 그즈음 커피 취향에도 세대교체가 일어나기 시작했다. 베이비붐 세대의 선배들은 이제 퇴직하기 시작했고, 몇 해 전 대규모 채용으로 그 자리를 새롭게 채우고 있는 젊은 신규자들은 믹스커피를 좋아하지 않았다. 그 사실은 자연스럽게 믹스커피 자판기의 매출 감소와 적자 운영으로 이어졌고, 자판기위원회에 위기를 불러왔다. 자판기위원회는 적자를 자비로 메꾸는 등 갖은 노력을 기울였지만, 자판기 노후화로 인한 잦은 고장까지 겹치면서 결국 운영을 중지한다는 슬픈 소식을 전했다.

모두에게 안타까운 소식이었다. 나 역시 많은 선배들이 뽑아주었던 그 자판기 믹스커피를 마셨기에, 그 앞에서 나누었던 대화들을 아직 기억하고 있었기에 많이 안타까웠다. 고참부터 신참까지 많은 기관사들이 아쉬움을 토로했고, 이에 현 자판기위원회의 회장 K가 결단을 내렸다. K는 우리 기관사 밴드에 공지를 올렸다.

"오랜 기간 유지해온 자판기 운영을 끝낸다고 하니 여러 선후배님들이 아쉬움을 표현해주셨습니다. 그래서 다 함께 힘을 모아 원두커피 자판기를 운영해보려 합니다. 이에 대한 찬반투표를 진행하겠습니다."

일주일간 자판기위원회의 존폐에 대한 역사적인 투표가 이어졌고, 그 결과 90퍼센트의 찬성으로 자판기위원회는 살아남을 수 있었다. 그렇게 커피자판기는 역사 속으로 사라지지 않고 원두커피 자판기를 통해 새로운 세대와 함께하게 되었다.

멈춰버린 믹스커피 자판기와 반짝이는 원두커피 자판기 사이에 멈춰 서서 생각했다. 우리에게 커피자판기와 자판기위원회는 선후배를 잇고 세대를 이어주는 교두보가 아닐까.

요즘 세대 차이가 심각하다지만 사실 세대 차이는 항상 문제였다. 베이비붐 세대, 86 세대, X 세대, MZ 세대, 알파 세대······ 새로운 세대는 끊임없이 나타났고, 기성세대들은 매번 당황했다. 그렇다면 이건 대단한 문제가 아니라 그냥 변해가는 과정 아닐까? 약수물 커피에서 손수까페, 그리고 믹스커피 자판기를 거쳐 지금의 원두커피 자판기까지. 다만 우리에게 시대와 세대를 막론하고 언제나 필요했던 건 그냥 후배들에게 커피 한잔 사주는 선배 같은 교두보가 아니었을까.

부산지하철의 모든 호선 모든 기관사 사업소에는 지금도 각각의 자판기위원회가 따로 존재하고, 선후배들은 자판기 앞에 옹기종기 모여 떠들고 농담하고 서로를 위로한다.

아주 특별한 교행

　'교행'이란 두 대의 열차가 마주보면서 옆 선로로 스쳐지나가는 것을 말한다. 기관사로서 일하다보면 당연하게도 하루에 수십 번씩 반대편 열차와 교행한다. 그럼에도 그 순간은 기관사인 우리에게는 매번 아주 특별한 일이다.

　기관사로서 운전실에 앉아 열차를 운행하다보면 유리 너머로 수많은 사람들을 보게 된다. 승강장에서 초조한 듯 기다리고 있는 승객들, 열차 문이 열리자마자 총알탄처럼 튀어나가는 성미 급한 사람들, 내 열차에 조심스레 오르는 발길들, 반대편 승강장에서 전광판을 올려다보는 기다림의 표정들, 반대편 열차를 가득 채운 술렁이는 인파까지…… 한 명의 기관사가 하루에 만나는 승객은 족히 수천 명은 될 것이다.

그렇게 수많은 승객들 틈에 놓여 있지만, 기관사라는 존재는 어딘가 외롭다. 다들 어디론가 부지런히 향해 가는데, 나는 세상 모두가 떠나도 여기에 남아 있어야 한다. 모두가 살아가기 위해 이곳을 스쳐지나가지만, 나에겐 여기가 목적지이고 삶의 터전이다. 나는 이 군중 속에서 고독하면서도 독립적이다. 어딘가 묘한 기분이 든다. 때론 나 하나만 주변에 섞이지 못하고 홀로 우주를 유영하는 듯한 느낌에 아득하고 서글퍼진다.

이 묘한 느낌의 원인을 찾아내기 위해 나는 7년 동안 지하세계에서 고민해왔다. 그리고 내가 내린 결론은 홀로 붕 떠 있는 듯한 그 고독한 기분은 내가 타인에게 보이지 않는 존재이기 때문이라는 것이었다. 지하철을 이용하는 사람들 대부분은 기관사의 존재를 인지하지 못한다. 실제로 기관사는 그들의 눈에 보이지 않기 때문이다. 지하철의 운전실과 객실은 분리되어 있기에 승객들은 기관사를 볼 일이 없고, 승객의 관점에서 보자면 지하철은 정해진 역에서 정해진 시간에 정해진 운송 서비스를 자동으로 제공하는 크고 칙칙한 쇳덩어리일 뿐이다. 내가 운행하는 지하철을 이용하는 수많은 사람들이 내 존재를 인지조차 하지 못한다는 사실에서 나는 어떤 객체성을 부여받는데, 그 객체성이 홀로 우주를 떠다니는 듯한 묘한 느낌을 만드는 것이었다.

그 외로운 듯 외롭지 않은 묘한 느낌. 그렇게 홀로 섞이지 못하고 아득히 떠다니던 중에 나와 똑같은 존재를 만난다는 사실. 이러한 이유로 교행은 우리 기관사들에게 잔잔한 일상 가운데 특별한 사건이 된다. 그리하여 그 찰나의 순간에도 우리들은 거수경례로 반가움이나 안전운행에 대한 기원을 서로에게 전했다.

이 각별한 교행을 하며 반가운 얼굴을 확인하고는 둘끼리만 통하는 사인을 보내며 피식 웃기도 했고, 기관사 역시 인간이다 보니 별로 좋아하지 않는 얼굴을 마주하고 그냥 사무적인 경례를 하기도 했다. 반대편 열차가 보이지 않는 터널을 지나고 있었기에 교행했다는 사실조차 알지 못하는 경우도 있었고, 반대편 열차는 보이지만 기둥 사이에 반대편 기관사의 얼굴만 절묘하게 가려져 인사를 나누지 못할 때도 있었다. 빠른 속도로 스쳐지나 기관사의 형체만 보일 때도 있었고, 마침 느린 속도로 만나서 반대편 기관사의 표정까지 낱낱이 읽을 수 있는 느린 교행도 있었다. 또 어느 때는 일에 집중하느라 반대편 열차가 다가오는 것을 모르고 있다가 반대편 열차가 휙 지나가버린 뒤에야 허공에 대고 뒤늦게 경례하기도 했다.

생각해보면 삶에서 어떤 일들도 교행처럼 찾아왔다. 좋은 일도 나쁜 일도 번갈아 찾아왔고, 내가 모르는 사이에 어떤 일들이 벌어지기도 했고, 분명 어떤 일을 겪었음에도 내게 무슨 일이 일어난 건지 정확히 알 수 없을 때도 있었다. 당연하게 다가오기도, 갑작스레 스쳐지나가기도 했고, 또 아차 하는 사이에 지나가버린 일들도 많았다.

그중에는 후회되는 일들도 많았지만, 뭐 어쩌겠는가? 이제는

말 그대로 지나간 열차일 뿐인데. 다음에 좀더 멋들어진 거수경
례를 해볼밖에.

반대편 열차의 윙크

빛이 드물게 존재하는 지하공간. 특히 역 사이의 터널을 달릴 때면 어둠의 지배력은 한층 강해진다. 그 아득한 터널 끝 저 멀리에서부터 강렬한 빛을 내뿜으며 혜성처럼 반대편 열차가 달려올 때면 가끔 뭉클하다. 이 어두운 지하세계에서 강렬한 존재감을 띠고 점점 가까이 다가오는 빛덩어리를 나는 똑바로 응시한다. 그래서 반대편 열차에 평소와 다른 점이 있을 때면 나는 손바닥을 들여다보듯 환히 알 수 있었다.

가끔 마주 오는 반대편 열차의 전조등 한쪽이 나가 있는 걸 발견한다. 해당 기관사는 그 사실을 알기 어렵지만 그 열차와 정면으로 맞닥뜨리는 나는 당연히 알아챌 수 있었다. 어두운 터널에서 나를 바라보는 밝은 두 개의 빛 중 절반이 사라져버렸으니 눈에 띌 수밖에. 또한 우람한 덩치의 칙칙한 열차가 그렇게 해맑게 윙크를 해대는데 못 본 척하기도 민망하지 않겠는가.

생각해보자면 나 역시, 그러니까 내가 모는 열차 역시 이 지하세계에서 그런 강렬한 존재감을 가진 혜성일 텐데, 나도 영락없이 내 열차의 한쪽 전조등이 나가도 절대 알지 못한다. 이건 어떤 모순이 아닐까.

사실 이런 모순은 세상에 널리고 널렸다. 많은 생명들을 보살폈지만 정작 본인의 건강은 돌보지 못한 의사라거나, 남의 연애에 대해서는 신적이며 메시아적인 존재가 되어 연애의 신으로 추앙받지만 정작 본인의 연애와 사랑에서는 호구 중의 상호구가 되어버리는 우리만 보더라도 말이다. 내 것은 안 보이고 남의 것만 잘 보이는 이런 모순 몇 가지는 누구나 가지고 있을 것이다.

왜 우리는 오히려 나의 티는 잘 보이지 않게 만들어졌을까? 너무도 비효율적이게 말이다. 하지만 시선의 각도를 조금만 비틀어 보자면, 내가 내 것만 잘 보는 것보다는 서로가 서로를 잘 보아주는 것이 인류 전체를 위해서는 더 낫지 않을까? 나 자신을 나만 골똘히 들여다본다면 내 약점도, 아픔도 내가 못 보면 끝장이지만, 타인이 나를 바라봐준다면, 내가 못 보면 A가, A가 못보면 B가, 또 아니면 C가, D가, E가, F가…… 내 감긴 눈 한쪽을 발견해줄 게 아닌. 생태계에서 인간이라는 종이 생존하고 번영하기 위해서는, 서로가 서로를 보아주는 것이 효율적이었던 것 아닐까? 우리는 처음부터 그렇게 설계되었던 것 아닐까?

작전의 성공률을 높이고 작전팀원들의 생존율을 높이기 위한 최고의 방법을 선택해야만 하는 해군 특수부대 UDT/SEAL의 경우를 살펴보자. 소수의 팀원들이 한 팀을 이뤄 작전을 진행할 때 팀워크의 기본은 서로 등을 내어주는 것이다. 아무리 완벽하게 훈련받은 대원들이라도 뒤통수에 눈을 이식해 넣지 않는 이상 등뒤에 사각지대가 생긴다는 사실에서 벗어날 수 없다. 고로 팀원들끼리 서로의 등뒤를 백업한다, 이것은 팀워크의 기본이자 핵심이다. 퇴출작전을 수행할 때도 같은 메커니즘을 따른다. 모두가 한 번에 뒤로 돌아 일제히 퇴출하게 되면 뒤에서 날아드는 적의 총격에 무방비로 노출된다. 팀원 일부가 후방을 엄호하는 가운데, 다른 팀원들이 등을 돌려 움직여야만 하는 것이다.

인간은 본래 나 자신만 보는 게 아니라 서로를 보아주는 게 효율적인 존재인 모양이다. 이런 생각을 하며 열차를 운행하던 중 상태권*에 적힌 내용을 읽고 새어나오는 웃음을 참을 수가 없었다.

'전조등 1개 소등.'

절대적인 신이 존재해서 방금의 내 생각들을 듣고는 내게 코웃음을 치는 듯, 혹은 농담처럼 윙크를 건네는 듯했다.

● 해당 열차에 대한 인계사항 및 특이사항을 적어 기관사끼리 인계하는 종이.

기관사들이 종착역에
진입할 때 기립하는 이유

열차가 종착역에 닿아간다. 내가 근무하는 부산지하철 2호선의 경우 종착역은 일반적으로 장산역, 양산역이다. 예외적으로 광안행, 전포행, 호포행 등의 열차들이 존재하지만 대체로 장산역과 양산역이 종착역이 된다. 종착역에 닿아가면 우리 기관사들은 우선 운전실 의자에서 일어난다. 우리는 이걸 기립집무라고 한다.

이 기립집무는 기관사가 근무 시 준수해야 하는 내부 규정에 명시되어 있다.

"기관사는 종착역에서 기립집무를 하여야 한다."

애국가를 부르거나 국기에 대한 경례를 할 때 반드시 일어서는 것과 비슷하다. 기립집무는 대한민국에서 철도의 역사가 시작된 이래로 쭉 이어져왔을 것이다. 종착역에서 기립집무를 해야 한다는 것이 규정에 명시되어 있다는 사실만 보더라도, 종착역이 우리 철도에서 대단히 의미 있는 것임을 알 수 있다. 정시성과 공공성을 약속하는 지하철이 끊임없이 착실하게 달려 최종적으로 닿고자 하며 무슨 일이 있어도 반드시 닿아야만 하는 곳—그 결과물이자 귀결점, 종착역.

그렇게 도착한 종착역, 길었던 운행의 끝점에 다다르면 안도하며 모든 승객을 떠나보낸다. 정확한 위치에 열차를 정차시키고 출입문을 열어 승객들이 내릴 수 있도록 한 뒤 작별 인사를 건넨다.

"우리 열차의 마지막 역인 양산역입니다. 승객 여러분께서는 모두 내려주시기 바랍니다. 잊으신 물건이 없는지 다시 한번 살펴보시고, 안 좋은 일 슬픈 일들은 열차에 두고 내리시면 저희가 처리하도록 하겠습니다. 오늘도 부산도시철도를 이용해주셔서 감사합니다."

모든 승객이 무사히 내리는 것을 확인하고 출입문을 닫는 것으로 운행을 마무리한다.

그다음엔 이제 회차를 시작해야 한다. 우선 신호를 확인하고 열차를 회차선°으로 진입시킨다. 정해진 위치에 확실히 열차를

● 열차가 회차하기 위해 사용하는 선로.

정차시킨 후 반대편 운전실로 이동한다. 객실을 통해 이동하면서 미처 내리지 못한 승객이나 유실물이 있는지를 확인한다. 내리지 못한 승객은 잠시 뒤 내릴 수 있음을 안내하고, 유실물은 유실물센터나 종착역에 인계한다.

반대편 운전실에 도착해 키를 돌려 운행 방향을 바꾼다. 운행을 시작하는 데 문제는 없는지, 운전실 내의 스위치들과 장비들, 제동장치의 정상작동 유무 등을 꼼꼼히 확인하고 준비를 마친다. 그리고 아까 종착역으로 정차했던 양산역에 다시 선다. 이번엔 종착역이 아닌 시발역始發驛* 으로서.

모든 종착역은 종착역인 동시에 시발역이 된다. 시작과 끝, 또는 흑과 백, 혹은 빛과 어둠. 빛과 어둠이 결국은 빛의 유무에서 비롯되었듯, 정반대의 성질을 가진 것들도 사실 알고 보면 같은 곳에서 비롯되었을지 모른다. 오늘 내가 정차했던 양산역은 종착역인 동시에 시발역이었다. 끝인 동시에 시작이며, 시작인 동시에 끝이었다.

돌이켜보면 내가 살아온 인생 역시 마찬가지였다. 정말 마지막이고 끝인 줄로만 알았던 것들이 새로운 시작이 될 때도 있었고, 대단한 시작이라 여겼던 것들이 사실은 끝일 때도 있었다.

그러니까 시작과 끝 혹은 끝과 시작에 대해, 너무 지나치게

• 열차 운행의 기점이 되는 역, 처음 출발하는 역.

기뻐하거나 아쉬워할 필요는 없지 않을까. 사실 놈들은 한통속일지도 모르니까.

다만 나는 오늘 종착역인 양산역에서 아쉬운 마음에 안내방송을 아주 조금 더 길게 하긴 했다. 그러니 이 책을 읽는 당신도 안 좋은 일 슬픈 일들은 여기 이 페이지에 끼워두고 책장을 넘기길 바란다. 나는 승객들이 두고 내린 안 좋고 슬픈 일들을 수없이 처리한 전문가이니까 말이다.

<알림>

이 페이지는 아무리 안 좋은 일 슬픈 일들을 쏟아부어도 터지지 않고 잘 넘겨지도록 특수 제작되었음.

"넘긴 당신의 다음 페이지가 또다른 시발역이 되길."

2부

가장 초라한 형태의 힘으로 가장 중요한 것을 지킨다

: 지하철 어벤저스 열전

배트맨과 고담시티의 비밀

"나는 밤이다, 나는 배트맨이다."

내가 생각하는 가장 배트맨다운 대사이다. 누구나 마음속에 히어로 하나쯤은 품고 살기 마련이고, 나의 경우는 '배트맨'이다. 나는 특히 '다크나이트: 어둠의 기사'라는 별명을 좋아한다.

고담시티의 어둠 속에서 활동하는 그는, 고담시티에 빛과 어둠의 양이 정해져 있다면 어둠의 양을 조절해 고담시티의 빛을 지켜낸다. '내일의 사나이'라는 별명을 지닌, 상대적으로 빛에 가까운 슈퍼맨과는 대조적이다.

그가 흔히 말하는 다크히어로라는 점이 매력적인 건 명백하지만, 사실 내가 그를 좋아하는 이유는 따로 있다. 그건 그가 한낱 인간에 불과하기 때문이다. 여자친구도 지키고 친구도 지키고 고담시티도 지키는 배트맨. 그런 모습도 인간적이지만, 가장 흥미로운 사실은 그가 고담시티의 치안 아웃소싱* 외주업체라는 사실. 이것은 고담시티의 1급 기밀에 속한다. 당신이 고담시티 민원실에 문의한다면 틀림없이 그들은 일절 부인할 것이다. 그러나 나는 고담시티와 배트맨 사이에 '고담시티의 치안 아웃소싱에 대한 위탁처리 계약서'라는 서류가 존재한다는 상당히 신빙성 있는 정보를 제공받은 바 있다. 해당 서류는 아마 폭포 뒤에 숨겨진 배트카 조수석 대시보드 아래에 들어 있을 것이다.

이처럼 배트맨은 인간에 불과한, 가장 인간적인 형태로 고담시티를 지키는 영웅이다. 그런데 그 말은 나 역시 영웅이 될 수 있다는 말이 된다.

배트맨은 어둠 속에서 활동하며 고담시티의 빛을 지켜낸다. 마찬가지로 기관사인 나 역시 어둠 속을 달리며 승객들에게 빛으로 표상되는 밝고 쾌적한 서비스를 제공한다. 배트맨은 고담시티로부터 치안 아웃소싱을, 나는 부산시로부터 지하철교통 아웃소싱을 각각 위탁받은 존재라는 것이다. 시민들의 입장에서는 대단히 매력적이다. 어둡고 좁으며 똑같이 지루하게 생긴 칙칙한 터널들을 기관사인 내가 매일 대신 통과하고, 승객들에게는 교통체증이나 기상 상황에 영향을 받지 않는 편리함만을 제

● 아웃소싱이란 경영 효과 및 효율의 극대화를 위해 기업 업무의 일부 프로세스를 제3자에게 위탁해 처리하는 것을 지칭하는 기업용어이다.

이러지

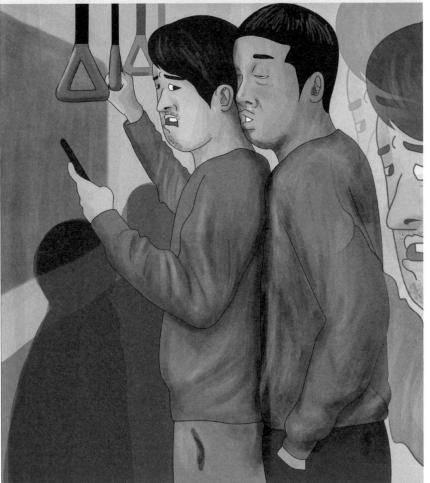

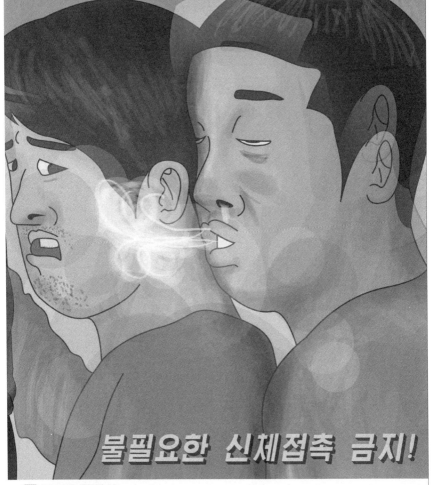

배트맨은 조커로 대변되는 악당들을 물리치고, 나는 승객으로 가장한 악당들
(잡상인, 불신지옥을 외치는 종교인, 구걸인, 취객, 고성방가 난동자, 성범죄자 등)을 **물리쳐야** 한다.

공한다.

배트맨과 나 사이에 또다른 공통점이 있다면 도시의 악당들을 물리친다는 것이다. 배트맨은 조커로 대변되는 악당들을 물리치고, 나는 승객으로 가장한 악당들(잡상인, 불신지옥을 외치는 종교인, 구걸인, 취객, 고성방가 난동자, 성범죄자 등)을 물리쳐야 한다. 작은 차이점이라면, 배트맨은 최첨단 장비와 천문학적인 재산 등 인간이 가질 수 있는 가장 강력한 형태의 힘들을 사용하지만, 나는 작동한다는 사실만으로도 감사한 마음을 먹게 하는 고물 똥통 무전기와 냄새나는 마이크 등 가장 초라한 형태의 힘들로 그들과 맞서 싸운다는 것이다. 상당히 열악하지만 모름지기 영웅에게 그 정도 고난은 당연한 것 아니겠는가.

또한 배트맨도 나도 혼자 움직인다. 배트카를 탄 배트맨, 지하철을 운행하는 나. 하지만 우리에겐 친구들이 있다. 배트맨에겐 배트카를 만들어주는 모건 프리먼과 집사 알프레드가 있고, 나에게는 역무원과 공익요원, 청소 여사님, 관제사 등 어벤저스 저리 가라 할 살벌한 팀원들이 존재한다.

그러니까 덤벼라, 악당들아. 내 승객은 내가 지킨다.

지하철이라는
공간의 주인공

지하철이 문제없이 운행되려면 무엇이 가장 중요할까? 누가 가장 중요한 역할을 맡고 있으며 가장 핵심적인가? 지하철 제일 앞칸에 위치한 운전실에서 실제로 열차를 운전하는 기관사일까? 아니면 모든 기관사를 관장하고 관찰하는 관제사인가?

그 해답은 지하철 운행 중 문제가 생겼을 때 드러난다.

우선 비교적 흔한 상황인, 민원이 들어와서 역무원이 열차로 출장 오는 경우를 살펴보자. 승객이 중요한 물건을 열차에 두고 내려 애타게 찾고 있다거나, 코로나 기간 중 마스크를 착용하지 않은 승객이 소란을 피웠을 때, 또 포교활동을 너무도 가열차게 펼치는 종교인이나 저돌적인 구걸인이 출현했을 때 등등 다양한 사유로 역무원들은 열차에 출장을 나오게 된다. 아무것도 모르고 해맑게 열차를 운행중인 기관사에게 관제사가 무전을 친다.

"○○역에 ×××× 열차 기관사님."

"네, ×××× 열차입니다."

"네, 기관사님. 민원이 들어와서 △△역에서 역무원이 열차 객실에 출장할 겁니다. 역무원 전호 잘 보시고 발차하시기 바랍니다."

"네, △△역 역무원 출장 알겠습니다."

열차가 △△역에 도착하고 기관사인 나는 안내방송을 한다.

"안내 말씀 드립니다. 현재 민원 해결을 위해 잠시 정차중에 있습니다. 잠시 뒤 출발하도록 하겠습니다. 이용에 불편을 끼쳐 드려 대단히 죄송합니다."

역무원들은 객실 안으로 들어가서 승객이 잃어버린 유실물을 챙기는 등 들어온 민원에 대한 현장 조치를 재빠르게 완료한다. 조치를 완료한 뒤에는 내려서 기관사에게 약속된 전호를 준다. 그걸 확인한 기관사는 출입문을 닫고 출발한다.

여기선 누가 제일 중요했을까? 안내방송을 하고 기다린 기관사? 실제로 객실에 출장해서 재빠르고 확실하게 민원을 처리한 역무원? 아니면 그 모든 상황을 통제한 관제사?

다음 상황이다. 이번엔 안타깝게도 조금 더 냄새나는 상황이다. 한손으로 코를 잘 막고 보기 바란다. 불금(불타는 금요일, 다음날이 쉬는 날이므로 직장인들은 어쩔 수 없이 놀아야만 하는 날이다)이나 불토(불타는 토요일, 이성도 체력도 다 타들어갈 정도로 대차게 놀아버린 이들이 출몰한다) 저녁에 주로 벌어지는 상황이다. '불금'과 '불토'에 너무 심취해버린 나머지 '불토'의 의미를 '불타는 토요일'이 아닌 '불꽃같은 구토'로 변이시켜버린 돌연변이들이 존재했고, 우리는 그들을 '취객'이라 부르기로 했다. (깔끔 떠는 걸 좋아하는 내게는 사실상 가장 두려운 존재이다.)

하여튼 그 취객들이 '불토'를 하고 나면, 누군가가 지하철 콜센터에 민원을 넣는다. 그러면 관제사가 그것을 전달받고, 자신의 열차에 누가 토했다는 잔인한 사실은 꿈에도 모른 채 여전히 해맑게 운행중인 기관사에게 아까와 마찬가지로 무전을 치는 것이다.

"기관사님, x호차에 누가 구토를 했다네요. ○○역에서 조치하겠습니다. 전호 잘 보시고 발차하시기 바랍니다."

"아 네…… 구토 ○○역 조치 알겠습니다……"

한번은 내가 들어가 있는 기관사 운전실의 문에 누가 구토를 해버려서 그 소리와 냄새에 지독하게 고문을 당한 나머지, 구토 트라우마가 생겨버린 나였다. 딱 내 등뒤에 있는 운전실 철문 바로 너머에서 들리는 '우왹' 하는 소리, 그리고 철문 반대편에 무언가가 왈칵 쏟아지며 들리는 '철퍽' 소리. 나와 그 현장 사이의 철문이 어찌나 얇게 느껴지던지 마치 내 뒤통수에 대고 벌어진 일인 것만 같았고, 내가 그 공간에서 벗어날 수 없는 기관사라는 존재인 것을 감안하면 참으로 잔인한 경험이었다.

유독 구토 앞에 나약해지는 내가 그러거나 말거나, 이 참담한 상황에도 굴하지 않는 용자는 있다. 토 묻은 열차가 ○○역으로 진입하고, 열차에 타기 위해 서 있는 승객들 틈에 청소 여사님들이 서 있는 게 보인다. 각각 밀대와 양동이, 걸레 등을 들고 비장하게 서 계신 모습들은 마치 지구를 지키기 위해 모인 어벤저스의 영화 포스터에 버금갔다. 여사님들 한 분 한 분께는 각자의 특별한 능력이 있을 것만 같은 후광이 보였고, 그런 그들이 함께 서 있는 모습에는 비장함이 감돌았으며, 어떤 결의까지 느껴졌다.

열차가 정차하자 여사님들은 재빠르게 달려들어갔다. 열차가 지연되지 않도록 신속하면서도, 흔적 하나 남지 않게끔 확실하게 그 끔찍한 토사물을 처리하신다. 여사님들은 냄새의 흔적조차 남기지 않으신다. 여사님들이 지나간 자리에는 2천 원짜리 라벤더향 방향제의 향기만이 가득할 뿐이다. 여사님들은 청소에 관한 스페셜리스트들이기에 그 모든 과정은 순식간에 일어난다. 만약 당신이 그 광경을 목격하게 된다면, 바닥의 구토로 인해 눈을 찡그리는 것도 잠시, 여사님들의 화려하고 현란한 청소 스킬에 입이 떡 벌어질 것이다. 그 군더더기 없는 청소작전이 끝나면 기다리고 있던 역무원이 여사님들에 의해 모든 상황이 정리되었다는 전호를 주고, 기관사는 열차를 출발시킨다.

이번에는 누가 제일 중요했나? 기막힌 청소 스킬을 보여줬던, 마치 영웅 같았던 청소 여사님? 아니면 각자의 역할이 있었고 그에 충실했던 기관사나 관제사, 역무원? 누가 절대 없어서는 안되는 존재라 느껴졌는가? 아직 확신이 서지 않을 테니 마지막으로 하나의 상황을 더 보여주겠다.

본선에서 운행중인 지하철 열차에 예사롭지 않은 고장이 났다. 자잘한 고장들은 평소에도 자주 일어나기에, 기관사들에게 그것은 어려운 상황이라기보다는 귀찮은 상황에 불과하다. 하지만 이런 심각한 고장은 얘기가 다르다. 이런 고장이 나는 순간 목 뒤쪽부터 등 상부까지 소름이 통으로 돋고, 등줄기로는 식은땀이 흐른다. 온갖 경고등이 번쩍거리며 다양한 경고문구가 열차 모니터로 올라오고 비상제동이 체결되어 풀리지 않는다. 갑자기 비상제동에 의해 급정거했기 때문에, 기관사 본인도 심각한 고장으로 인해 놀랐겠지만 본인보다 더 놀랐을 승객들에게 우선 안내방송을 한다.

"안내 말씀 드립니다! 우리 열차 현재 차량 고장으로 인해 잠시 정차중에 있습니다. 안전한 객실 내에서 대기해주시면 신속히 조치하겠습니다. 이용에 불편을 끼쳐드려 대단히 죄송합니다."

그리고 관제에 급하게 무전을 친다.

"관제, 관제! ○○○○ 열차입니다! ×× 고장, ×× 고장 등으로 비상정차했습니다!"

"네, 기관사님 복구조치 바로 해주세요!"

기관사인 나는 바로 복구조치를 하지만 이런 심각한 중고장의 경우 열차는 쉽게 복구되지 않는다. 기관사로서 다양한 고장을 겪으며 대부분의 고장에 대해서는 어떻게 조치하면 된다는 확신이 서지만, 이런 복잡하고 심각한 상황에서는 마음이 조급해진다. 어딘가 단단히 잘못되었기에 발생한 고장, 평소 자주 보던 고장이 아닌 생전 처음 보는 고장, 이런 고장은 마치 사람이 중상을 입은 것과 같아서 쉽사리 복구되지 않는다.

"관제, 관제! 복구 안 됩니다!"

"그럼 비상운전으로 △△역까지 가겠습니다! ×× 검수에서 출장하겠습니다!"

"△△역까지 비상운전, ×× 검수 출장 알겠습니다!"

그때부터 기관사는 열차를 어떻게라도 끌고 가기 위해, 여러 보호장치들을 무시하고 일단 열차를 움직이게 해주는 비상모드로 '비상운전'을 시작하게 된다. 기관사인 나는 비상모드로 운전할 때 혹시나 다른 사고가 생기지 않도록 각별히 주의한다. 위험한 사고는 이런 정신없는 순간에 나기 때문이다. 고도의 집중력이 필요한 순간이다. 비상운전은 자칫 위험할 수 있기 때문에 속도를 많이 내지 못하도록 법으로 제정되어 있다. 그래서 비상운전을 하게 되면 해당 열차부터 뒷열차들이 줄줄이 지연되기 쉬운데, 이를 완화하기 위해 관제에서 '운행간격 조정'을 시행한다. 고장 열차 앞뒤에 있는 열차들에 "○○역에서 일 분간 추가 정차해주세요"라는 지시를 하여, 열차들 사이의 간격을 최대한 조절한다.

그렇게 비상운전을 하던 중 검수 직원들이 기관사가 있는 열차 운전실로 출장을 오게 되면, 기관사는 일단 조금이나마 안심하게 된다. 지하철 열차를 점검하고 수리하는 데 최고의 전문가인 검수 직원들이 승차했기 때문이다. 기본적으로 기관사의 조치는 응급조치와 같은 초동조치이고, 검수 직원들의 조치는 고장을 해결하기 위한 보다 근본적인 조치이다. 고장난 지하철이라는 환자 앞에서 기관사가 구급대원이라면 검수 직원들은 의사, 간호사인 셈이다.

정말 심각한 고장이 일어났을 때는 검수 직원들의 조치에도 당장 복구가 불가능할 때도 많지만, 검수 직원들의 의사 같은 처치에 의해 바로 회복되는 경우도 꽤 있다. 검수 직원들은 우선 상황을 면밀히 진단하고 현장에서 가능한 조치를 시도해본다. 열차가 정상적으로 복구된다면 기관사와 관제사가 협동해서 지연된 운행시각을 최내한 성상화하고, 복구되지 않는다면 관제의 지시 아래 그 즉시 해당 열차의 영업운행을 중지하고 열차를 차량기지로 회송*시킨다. 그리고 검수 직원들은 해당 고장에 대한 원인을 분석하고, 재발하지 않도록 확실하게 수리한다.

이번에는 어땠나? 누가 가장 핵심적이고 중요했으며 없어서는

---

* 철도에서 여러 가지 상황 혹은 필요에 의해 빈 열차 상태로 목적지까지 운행하는 비영업 열차를 '회송열차'라 한다. 이 상황에선 고장난 열차에서 승객들을 내리게 하고 차량기지까지 회송한다.

안 되는 존재였는가? 필연적인 존재는 누구였는가? 아마 아까보다 더 대답하기 힘들 것이다. 그렇다면 물음을 바꿔보겠다. 뭐가 없어도 됐는가? 누가 없어도 됐겠는가? 방금의 상황에서 누가 필요 없는 존재였는가? 그렇다. 필요 없는 존재란 없었고, 모두가 필수 불가결했다.

한때는 이런 생각을 했다. 지하철이라는 공간에 주인공이 있다면 그건 기관사가 아닐까? 그때 나는 기관사만이 주인공이라 생각했다. 하지만 그건 내 착각이었다.

평소에는 드러나지 않지만 열차가 고장나거나 민원이 있을 때면 관제사나 역무원, 청소 여사님, 검수 직원 들이 득달같이 달려나와 힘이 되어주었다. 문제가 터지고 도움을 받고서야 비로소 알 수 있었다. 우리 모두의 필요에 대해서.

열차를 운전하는 기관사, 모든 걸 통제하는 관제사, 역을 지키는 역무원, 각종 행정업무를 처리해주는 운영 직원, 선로나 설비 등을 관리하는 토목 직원, 보안을 담당하는 경비아저씨, 건설을 하는 건축 직원, 직원들의 식사를 책임지는 구내식당 직원, 야간점검을 담당하는 직원, 열차를 점검하고 수리하는 검수 직원, 통신을 주관하는 통신 직원, 청소 및 미화를 담당하는 청소 여사님, 그리고 열차를 이용해주는 승객들.

모두가 없으면 나 혼자서는 아무것도 아니었고, 지하철은 기관사 혼자 굴러가게 만드는 것이 아니었다.

지하철도 세상도 모두 각자의 영역에서 유기적으로 얽혀 있었다. 어디에도 혼자 이루어내는 것은 없었고, 존재하는 모든 것은 필수적이며 필연적인 존재였다. 단순히 우리가 하는 '일'만을 말하는 것이 아니다. 우리라는 존재 자체도 세상에 필수적이며 필연적이었다. 세상 전체라는 관점에서 보았을 때, 우리 각자는 작은 볼트 너트 하나에 불과할지 모르지만, 그럼에도 우리는 반드시 필요한 존재라는 것이다. 혹여라도 세상에서 나라는 존재의 필요성에 대해 궁금해진다면 당장 지하철을 타보기 바란다. 모든 부품과 직원이 빠짐없이 역할에 충실했을 때 비로소 올바르게 운행되는 지하철이, 이 거대한 세상 속 자칫 작고 연약해 보이는 당신의 필요성에 대한 증명이 되어줄 것이다.

"안내 말씀 드립니다. 우리 열차 현재 작은 볼트에서 비롯된 차량 고장으로 인해 비상정차하였습니다. 이용에 불편을 끼쳐드려 대단히 죄송합니다."

기관사들을 살찌웠던
영양사 K

　기관사들은 밥에 민감하다. 근무시간 자체가 불규칙하기 때문이다. 내가 속한 부산지하철 2호선의 경우만 보더라도 매일 약 120여 개의 교번근무°가 존재한다. 120여 명의 기관사들이 각각 하나씩의 근무를 하게 되므로 120여 명 전부가 제각기 다른 근무시간과 휴게시간을 가지게 되고, 우리는 이 제각각인 휴게시간을 이용하여 아침, 점심, 저녁의 식사를 해야 한다. 그래서 매일 출근한 뒤 각자의 근무 스케줄을 확인하고 사이사이 밥시간을 확보하기 위해 시간을 계산한다. 밥시간이 아예 없는 경우도 존재하는데 별 방법이 없다. 굶다가 한참 때늦은 식사를

● 기관사들이 상호 약속과 계획하에 자리를 넘겨주고 받으며 일하는 근무 형태. 교대근무와 다른 점은 매일 각 기관사의 근무 시작과 종료 시간이 달라진다는 점이다.

하는 수밖에는.

이러한 이유로 기관사들은 필연적으로 밥에 민감해진다. 오죽하면 기관사들끼리 서로 만났을 때 하는 인사가 "밥은?"이겠는가. 불규칙한 기관사들의 근무 가운데서 병나지 않고 오래도록 기관사로 살아남기 위해서는 어떻게든 밥이라도 규칙적으로 먹겠다는 노력과 의지가 필요하다.

그러다보니 그날 밥의 맛과 질에 의해 기분이 좌우되기도 한다. 그토록 힘들게 시간을 확보해서 구내식당에 밥을 먹으러 갔는데 맛이 없다면 얼마나 슬픈 일인가. 다 먹고살자고 하는 일인데 말이다. 누군가는 밥이 맛없으면 밖에서 사 먹으면 된다고 생각하겠지만 그것도 힘든 일이다. 기관사 근무의 거점이 되는 승무사업소가 소재한 곳은 보통 땅값이 싼 시의 외곽이다. 밥을 나가서 사 먹고 싶어도 그럴 수가 없다. 휑하다. 가장 가까운 편의점조차 차로 십 분은 가야 한다.

고로 구내식당에 대한 의존도는 절대적이다. 하지만 애석하게도 최근 몇 년간은 밥이 맛이 없었고, 더욱 애석하게도 약 2년 전부터는 더욱 심각해졌다. 내가 음식을 가리지 않고 잘 먹는 편임에도 불구하고 몇 번은 식권을 뽑아서 밥을 받으려다 말고 식판을 내려두고 나온 적도 있다. 물론 식사 피크 시간이 지난 시간에 가긴 했지만, 맛은 둘째 치고 마치 남은 음식 같았던 그 반찬들을 나는 차마 먹을 수가 없었다.

기관사들은 구내식당에 의존하고, 구내식당의 맛과 품질은 절대적으로 영양사에게 의존한다. 영양사가 신경을 쓰는 만큼 그대로 밥에 드러난다. 그렇게 우리 부산지하철 호포차량기지 구내식당은 한동안 암흑기를 겪었다.

그러던 약 1년 전, 비로소 이 식당에 내려앉은 모든 어둠을 끝내줄 영웅이 돌아왔다. 한때 호포차량기지 구내식당의 최전성기를 이끌었으며 기관사들을 살찌웠던 전설의 영양사 K가 말이다.

약 8년 전 그녀는 한정된 예산을 활용해 회사 구내식당 점심 메뉴로 오향장육과 블루베리 케이크 등을 선보였으며, 고구려의 광개토대왕이나 백제의 근초고왕과 신라의 진흥왕이 그러했듯 호포차량기지 구내식당의 최전성기이자 황금기를 이끌었던 인물이었다. 직원게시판에는 그녀에 대한 칭찬이 심심치 않게 올라왔고, 구내식당 운영위원회는 그녀에 대한 칭찬으로 점철되기도 했다. 그러던 그녀가 회사 전체 구내식당 총괄업무를 위해 본사로 떠난 후 호포차량기지 구내식당은 상대적 침체기를 맞았고, 해가 거듭되다 최근의 암흑기에 이른 것이었다.

약 8년 전 부산지하철 2호선 기관사들을 살찌웠던 그녀. 그녀가 떠난 후 기관사들은 야위어가기 시작했고, 그녀가 다시 돌아온 1년 전부터 기관사들은 다시 살찌워지고 있다. 대체 그녀의 어떤 부분이 우리 기관사들을 살찌우는 것일까? 그녀에 대해 한번 알아보자.

우선 그녀는 수줍음이 많다. 그녀가 다시 돌아와서 좋다거나 밥이 맛있어서 고맙다는 말을 직원들이 하면, 그녀는 몸 둘 바를 몰라한다. 그런 말을 들으면 감사하면서도 더 잘해주지 못해 미안한 마음이 든다고 하는데, 이 겸손하면서도 애살 있는 성품이 그녀가 해주는 밥을 더욱 특별하게 만들어주는 그녀만의 비밀양념이 아닐까.

경력직이었던 그녀는 약 10년 전 호포차량기지 구내식당에 발령받았다. 내가 그녀를 처음 만난 건 약 8년 전인 2016년이다. 그때 나는 지금처럼 정식 기관사가 아닌 기술연구개발팀의 장기 현장실습생이었다. 대학교 수업 한 학기를 기업 실무로 이수하는 것이었다.

2016년 3월, 구내식당 점심식사로 오향장육과 블루베리 케이크를 만난, 때마침 기관사라는 직업에 매료된 대학생은 생각했다.

'이런 밥을 먹는 기관사라면…… 해야겠는데?'

그 대학생은 그때부터 기관사가 되기 위해 노력했고, 결국 부산지하철 2호선 기관사가 되어 영양사 K와 다시 만나게 된 것이다. 밥으로 새로운 기관사까지 길러낸 그녀의 특별함이 드러나는 부분이다.

이번엔 그녀가 좋은 식단을 짜기 위해서 기울이는 노력들을 꼽아보겠다. 우선 그녀는 영양사 업계의 산업스파이이다. 영양사들이 각자의 식단을 공유하는 사이트, 다른 영양사들의 SNS, 요리 관련 유튜브와 블로그 등등을 섭렵하는 그녀는 그 모든 정보를 은밀하게 수집하여 그녀만의 식단으로 업그레이드한다.

또한 그녀는 뛰어난 협상가이다. 요즘에는 온라인마켓들이 잘되어 있어서 많은 사람들이 손쉽게 스마트폰으로 장을 보고 편리하게 집으로 배달받는다. 하지만 철저한 협상가인 그녀는 다르다. 협상의 근간이 되는 시장조사를 하기 위해 주말이면 주변의 구포 재래시장에 방문한다. 그녀는 장을 볼 겸 둘러보는 것이라 말하지만 내 생각은 다르다. 타고난 협상가인 그녀는 상대업체를 압박하기 위한 철저한 시장조사를 위해 굳이 재래시장으로 장을 보러 가는 것이다. 다음날 그녀는 거기서 얻은 데이터를 바탕으로 식자재를 공급하는 업체들 몇 곳과 협상을 시작한다. 철저한 그녀는 언제나 빈틈없는 협상을 해내지만, 협상 자체는 모든 철저함을 숨긴 정겨운 형식으로 이루어진다.

"담당자님~ 고춧가루랑 계란 좀 깎아주면 안 돼요?^^" 하고 문자를 보내면,

"네, 그렇게 보내드릴게요^^"라는 답장이 오는 식으로.

우리 같은 아마추어들이 봤을 때는 의외로 귀엽다는 생각이 들지도 모르지만, 업계의 프로인 그들끼리는 치열한 공방이 이루어지고 있는 것이다. 범인凡人들은 쉽게 알 수 없는 부분일 것이다.

그녀는 통계와 알고리즘 전문가이기도 하다. 그녀의 책상 위에 놓인 달력에는 그간의 식수인원이 아침, 점심, 저녁으로 나뉘

어 매일매일 기록되어 있다. 그것을 식단표와 대조하여 직원들이 좋아하는 식단을 구성하려 노력한다. 마치 유튜브 알고리즘처럼 말이다. 유튜브는 알고리즘을 이용해 우리가 좋아할 만한 영상들을 보여주는데, 그녀 역시 마찬가지이다. 책상 위 식수인원이 기록된 달력을 이용해 직원들이 좋아할 만한 식단을 구성하는 알고리즘이 내재해 있다.

마지막으로 그녀는 영양학 대학원생이다. (이 직함은 진짜다.) 더 좋은 영양사가 되고 싶어 부산에 소재한 국립대학의 영양학 대학원에 진학했다.

학교에서도 병원에서도 근무해본 경험 많은 영양사인 그녀에게 지하철 영양사로서 느끼는 특별한 점이 있냐고 묻자 그녀가 말했다. 지하철이 더 인간적이라 좋다고.

처음에 그녀는 기관사들이 끼니때가 아닌 시간에도 들쑥날쑥 들고나는 것을 이해하지 못했다고 한다. 하지만 기관사들과 가까워지면서 기관사들이 차를 오래 타야 하고 밥시간이 없을 때도 있으며 화장실 문제나 소화에 어려움을 겪는다는 것을 알게 되었고, 그후로는 단 오 분이라도 빨리 밥을 먹고 조금이라도 여유 있게 열차에 탔으면 하는 배려가 생겼다고 한다.

그 배려심은 영양사가 기관사를 이해하는 데서 그치지 않았다. 역무원, 관제사, 검수원, 기술 직원, 청소 여사님, 경비아저씨, 공익요원 등 지하철 내 모든 직렬의 모든 직원이 서로를 배려했고, 그녀가 보기에 지하철이라는 공간은 그런 배려들이 자연스레 스며 있는 보다 인간적인 곳이었다.

나는 그게 좋았다. 지하철이 인간적이라 좋다는 그녀의 말.

사실 지하철 자체는 인간적일 수 없다. 인간은 발로 뛰다가 말을 탔고, 이제는 차를 타고 지하철을 탄다. 인류가 발전할수록 인간의 개입은 줄어왔고, 시간이 흐를수록 인간적인 부분에 대한 필요는 줄어왔으며 앞으로 더욱 줄어갈 것이다. 지하철은 인류 문명의 상징이지만 지하철 자체는 인간적인 부분과는 거리가 멀다.

하지만 그녀가 지하철이 인간적이라 느꼈던 이유는, 아마 지하철 그 자체의 물성이 아닌 그곳에 있는 사람들 때문일 것이다. 지하철을 이용해주는 승객들과 그런 승객들을 위해 지하철이라는 공간에 모인 직원들, 그리고 그 직원들에게 맛있는 밥을 해주고 싶은 영양사와 조리팀원들까지.

오늘도 이렇게 따뜻하고 맛있는 밥을 먹었으니, 나 역시 응당 따뜻한 지하철을 운행하는 기관사가 되어야겠다. 승객들이 이용하는 지하철이라는 공간에 따뜻한 온기를 불어넣는 기관사 말이다. 하지만 여름에는 곤란하다. 여름엔 무조건 시원해야 한다. 따뜻하면 바로 민원이다.

분홍색 옷을 입은
아이를 찾아라

열차가 2호선의 종착역인 장산역에 가까워지고 있었다. 정확히는 종착역인 장산역과 세 정거장 떨어진 동백역으로 향하는 중이었다. '동백-해운대-중동-장산'의 순서인데, 내가 전 역을 출발해서 동백역으로 향하고 있을 때 관제에서 개인 무전이 왔다.

"○○○○ 열차, ○○○○ 열차."

"네, ○○○○ 열차입니다."

"미아 찾기 위해 다음 역인 해운대역에 역무원 출장합니다. 전호 잘 확인하고 출발하세요."

"네, 해운대역 미아 관련 역무원 출장, 알겠습니다."

해운대역은 이번에 정차하는 동백역 다음이었다. 물론 이번에 정차하는 동백역에서 모든 조치가 이루어지면 좋았을 것이다.

하지만 우리는 모든 조치를 시간적 지연 없이 해내야 하기 때문에, 역무원이 승강장으로 내려오는 시간을 마냥 기다리지 않고 가장 빠르게 대응 가능한 해운대역에서 조치를 취하기로 한 것이다.

관제사, 기관사, 역무원이 해운대역에서 아이를 찾아보기 위해 긴밀하게 협의하여 움직일 준비를 하고 있었다. 그런데 만약 아이가 이번에 정차하는 동백역에 내려버리면 상황이 꼬여버리는 것이었다. 혹시 겁에 질린 아이가 보호자를 찾아 이번 동백역에 내려버리면 그걸 포착해서 관제에 보고하고 상황을 컨트롤하는, 바로 지금이 그런 기관사적 역량이 필요한 순간이었다. 아이가 내리는지 확인하기 위해 CCTV 모니터와 후사경을 뚫어져라 살폈다. 다행히 미아로 추정되는 아이가 내리는 장면은 보이지 않았다. 혹시라도 아이가 내릴까봐 얼른 출입문을 닫았다. 미아를 태웠을지 모를 내 열차가 그렇게 동백역을 출발했다.

열차가 드디어 해운대역으로 들어가는데 앞에서 두번째 칸 승강장에 경광봉을 든 역무원이 대기하고 있는 게 보였다. 꼭 찾았으면 좋겠다고 생각했다. 예전에 동생이 없어져서 가족들과 울며불며 동생을 찾아 헤맨 일이 떠올랐다. 동생에게 무슨 일이 생긴다면 세상이 무너질지도 모르며, 무사히 돌아와주기만 한다면 앞으로는 절대 동생과 싸우지도 않고 모든 걸 동생에게 양보하겠다고, 그다지 믿지도 않았던 신에게 온갖 거짓 공약을 했던 기억이 떠올랐다. 소중한 누군가가 사라졌을 때의 마음은 나도 익히 아는 것이었다.

열차가 정차했다. 열차가 지연되지 않도록 신속하게 맡은 바를 다해야 하는 역무원이 두번째 칸을 확인한 후 얼른 내렸고, 경광봉을 크게 돌리며 내게 출발해도 좋다는 전호를 주었다. 안타까웠다. 미아를 찾지 못한 해운대역을 뒤로하고, 나는 열차를 출발시켰다. 열차 바퀴 쪽에서 나는 끼이익 소리가 유달리 신경 쓰였다. 아이가 내 열차에 타고 있었다면 방금 역무원이 아이를 찾았을 테고, 아이는 이 무서운 상황에서 벗어났을 테고, 동생이 없어졌을 때의 나처럼 세상이 무너질 위기에 놓인 누군가의 위기가 끝날 수도 있었을 테니까.

방금 지하철 미아 찾기 작전의 실패로 한 가족이 혹시 진짜 아이를 잃어버리게 될지도 모르는 상황에 처했다. 가능하다면 내가 그걸 막고 싶다는 생각이 스쳤다. 무심코 내 운전실과 바로 붙어 있는 6호차(첫번째 칸, 아까 역무원이 확인했던 건 5호차 두번째 칸이었다) 객실을 살폈다. 핑크색 옷을 입은 여자아이가 덩그러니 앉아 있었다. 혹시 저 아이가 아닐까 하고 생각하던 찰나, 관제에서 전체 무전이 왔다.

"관제에서 알립니다. 미아를 찾고 있습니다. 여자아이이고……"

이어지는 말이 제발 저 꼬마에 대한 설명이길 마음속으로 간절히 바라며 관제의 무전 내용에 집중했다.

"분홍색 상의……"

라는 말이 나오자마자 무전기를 들고 관제의 말을 막으셨다.

"관제, 관제!! 해운대 출발한 ○○○○ 열차입니다!!"

"어디요? 몇 열차라고요?

"해운대 출발한 ○○○○ 열차입니다! 미아 여기 있습니다. 아까 역무원이 5호차 확인하고 갔는데, 애기가 6호차에 있습니다."

"아, 그래요? 그러면……"

관제에서 망설이는 것이 느껴졌다. 미아에 대한 매뉴얼이야 존재했지만 지금 상황에 적용할 만한 세부적인 내용은 애매한 부분이 있었다. 관제에서도 미아를 보호자에게 보내주기 위한 최선의 선택을 하기 위해 고민하는 것이었다. 하지만 그때 열차는 다음 역인 중동역에 정차하기 직전이었고, 아이가 내려버리면 큰일이었다. 물론 기관사인 나는 관련 법규에 의거, 관제의 지시에 따라야 하지만, 지금은 어떤 융통성이 필요한 순간이 아닐까 하는 짧은 고민에 빠졌다. 찰나의 순간 현장 책임자는 바로 나이며 지금 이 상황에 대해 제일 잘 알고 있는 것도 나였고, 이건 내가 해결할 수 있으며 내가 해결해야만 하는 상황이라는 생각이 들었다.

"관제, 애기 종점인 장산역으로 데리고 갈 테니까, 장산역에 역무원 대기시켜주세요."

어떤 확신이 있었던 나는 단호한 말투로 관제에 통보했다.

그러자 관제에서 응답했다.

"알겠습니다. 장산역에 역무원 대기시키겠습니다."

우선 열차를 종점 한 정거장 전인 중동역에 안전하게 정차시
켰고, 아이가 내리지 않게 하기 위해 객실 문을 열고 빠르게 다
가갔다. 다가갈수록 눈물범벅인 아이가 패닉에 빠져 있는 게 보
였고, 걱정되었던 어르신들은 내리려다 말고 아이에게 말을 걸
고 있었다. 당연히 도와주시기 위해 그런 것이겠지만, 내 입장에
서는 그걸 막아야만 했다.

혹시나 아이가 걱정된 어르신들이 아이를 데리고 나간다면
상황을 정리하기 위한 우리(나, 관제, 역무)의 계획이 틀어지게 되
고, 마무리되기 직전이었던 상황이 새로운 국면을 맞게 될 수도
있었다. 물론 어르신들이 데리고 내려도 보호자를 찾아줄 수야
있었겠지만, 아이를 보호자에게 보내주기 직전, 확실하게 이 상
황을 마무리하기 직전에 있는 내가 이 상황을 끝내는 것이 맞는
일이었다.

빠르게 뛰어 아이 앞에 쪼그려 앉아 말을 걸었다.

"부모님 잃어버렸지? 아저씨가 부모님 찾아줄게, 걱정하지
마."

근무복에 명찰을 착용하고 확실한 태도로 말하는 나를 보자
어르신들도 안심하고 차에서 내리셨다.

패닉에 빠진 아이가 서럽게 울며 말했다.

"할머니랑 동래역에…… 훌쩍…… 가기로 해…… 훌쩍……
했는데……"

"그래, 이쪽으로 와서 앉자. 여기 앞쪽에 아저씨랑 가까운데

앉아 있자. 아저씨랑 한 정거장 더 가서 거기서 할머니 찾아줄게, 알았지?"

"네…… 훌쩍훌쩍……"

아이를 운전실과 가장 가까운 의자에 앉히고 열차를 출발시켰다.

"관제 관제, ○○○○ 열차입니다."

"네, ○○○○ 열차 말씀하세요."

"애기 데리고 가고 있는데, 장산역에 역무원 나와 있습니까?"

"네, 역무원들 지금 나오고 있습니다."

"네, 알겠습니다."

열차가 종착역인 장산역에 닿아갔고 아이가 잘 앉아 있는지 확인하려는 찰나, 아이가 벌떡 일어서서 내리려 했다. 역무원이 나오는 중인데, 역무원이 도착하기도 전에 내려버리면 큰일이었다. 마음은 급했지만, 그래서 더 확실하고 안전하게 열차를 정위치에 정차시키고 객실 문을 열고 뛰쳐나가서, 승강장으로 울며 나가는 아이를 멈춰 세웠다.

"아저씨랑 여기 잠시만 있자. 할머니 찾으러 가자, 알았지?"

"할머니랑…… 훌쩍…… 동래…… 훌쩍…… 역에……"

많이 놀란 아이가 같은 말을 반복했다.

"그래, 걱정하지 마. 잠시만 기다리자."

말이 끝나기 무섭게 역무원 두 분이 급하게 내려왔다. 역무원들이 상황을 파악하기 위해 아이에게 말을 걸었는데, 아이는 많이 놀란 상태여서 서럽게 울며 같은 말을 반복했다. 그래서 현재 상황을 제일 잘 알고 있는 내가 역무원들에게 알려주었다.

"관제에서도 다 찾고 있는 미아예요, 보고되어 있을 겁니다."

"아 네, 감사합니다, 기관사님. 잘 찾아주겠습니다."

아이를 인계하고 종점인 장산역에서의 내 일을 마무리하러 가다가 뒤를 돌아보았다. 너무 서럽게 우는 나머지 두 역무원의 부축을 받으며 걸어가는, 분홍색 옷을 입은 아이를 보면서 다행이라고 생각했다.

기관사는 관련 법규에 의거, 관제의 지시에 따라야만 한다. 그것은 확실한 규칙으로 명시되어 있고 실제적 효력을 발휘한다. 관제의 말을 듣지 않고 문제를 일으킨 기관사는 해당 법규에 근거해 처벌받는다.

'관제'라는 말의 의미부터가 그렇다.

"관제: 관리하여 통제함. 특히 국가나 공항, 철도 따위에서 필요에 따라 강제적으로 관리하여 통제하는 일을 이른다."

물론 관제의 지시대로 움직이는 것이 맞지만, 언제나 그저 관제의 지시대로만 하면 될까? 문제가 커졌을 때(특히 관제의 지시에 문제가 있었던 경우) 관제의 지시에 따랐음에도 큰 책임이 따르는 상황들이 있었다. 관제에서 그렇게 지시했다 하더라도 넌 뭘 했냐는 식이다.

확대해서 보자면 매뉴얼이냐 융통성이냐의 문제가 된다. 우리 기관사의 일뿐만 아니라, 책임이 따르는 일을 하는 모든 곳에 벌어지는 문제이다. 소방관으로 근무하는 친구가 해준 이야기, 학교 선생님의 이야기, 경찰관인 지인의 이야기, 회사원들의 이야기, 병원에서 일하는 사람들의 이야기. 그 모든 곳에 존재하는 문제였다.

물론 어려운 문제가 맞다. 쉽게 답을 내릴 수 없고 항상 많은 사람들이 고민하는 문제이기도 하다. 하지만 오늘 내가 현장 책임자라는 생각하에 사명감을 가지고 내 노선을 선택했을 때는, 그렇게 어렵지 않은 문제라고 느껴졌다. 내 선택은 융통성이 없지도, 매뉴얼이나 관제의 지시를 어기지도 않았다. 물론 융통성을 발휘했을 때 매뉴얼을 어기게 되는 상황도 존재할 텐데, 나는 그럴 때 내 소방관 친구가 내게 들려준 말을 해주고 싶다.

"어차피 잘못되면 다들 지랄할 텐데, 나에게 사명감과 책임감이 있다면 그걸 믿는 게 맞다."

세상에는 정답이 아닌 해답이 존재할 뿐이라 한다. 오늘 내가 할머니를 찾아준 분홍색 옷을 입은 아이와, 더불어 찾게 된 하나의 해답. 앞으로 이런 선택의 기로에서 내가 또 어떤 선택을 할지는 나도 알지 못한다. 다만 나는 이제 같은 상황에서 조금 덜 흔들리는 사람이 된 것이 아닐까.

핵융합보다 제어하기 어려운 냉난방 조절

기관사들의 가장 큰 고충을 뽑아서 Top 10을 선정한다면, 쟁쟁한 후보들이 많다. 그중 '은근히(사실 가장 짜증나게) 신경쓰이는 고충 원톱'이라는 타이틀을 만들어 우승자를 뽑는다면 가장 유력한 후보는 바로 '냉난방 조절'이다. 냉난방 조절로 말할 것 같으면, 그 까다로움과 극도로 제어하기 어렵다는 특성으로 인해, 기관사를 때려치우고 핵융합 박사과정까지 마친 뒤 핵융합 연구 개발자가 된 선배들이 여럿 있는 것으로 알고 있다. (아니면 말고, 뭐.)

냉방과 난방 중 냉방이 특히 까다롭다. 적당히 틀면 덥다, 그래서 세게 틀면 춥다. 덥다는 민원과 춥다는 민원이 두더지게임의 두더지처럼 미친듯이 솟아오른다. 억울한 게 나는 동전을 넣

덥다는 민원과 춥다는 민원이 두더지게임의 두더지처럼 미친듯이 솟아오른다.
억울한 게 나는 동전을 넣은 적도 없는데 솟아오르니 환장할 노릇이다.
그렇게 기관사는 강제로 냉난방 두더지게임의 게이머가 된다.

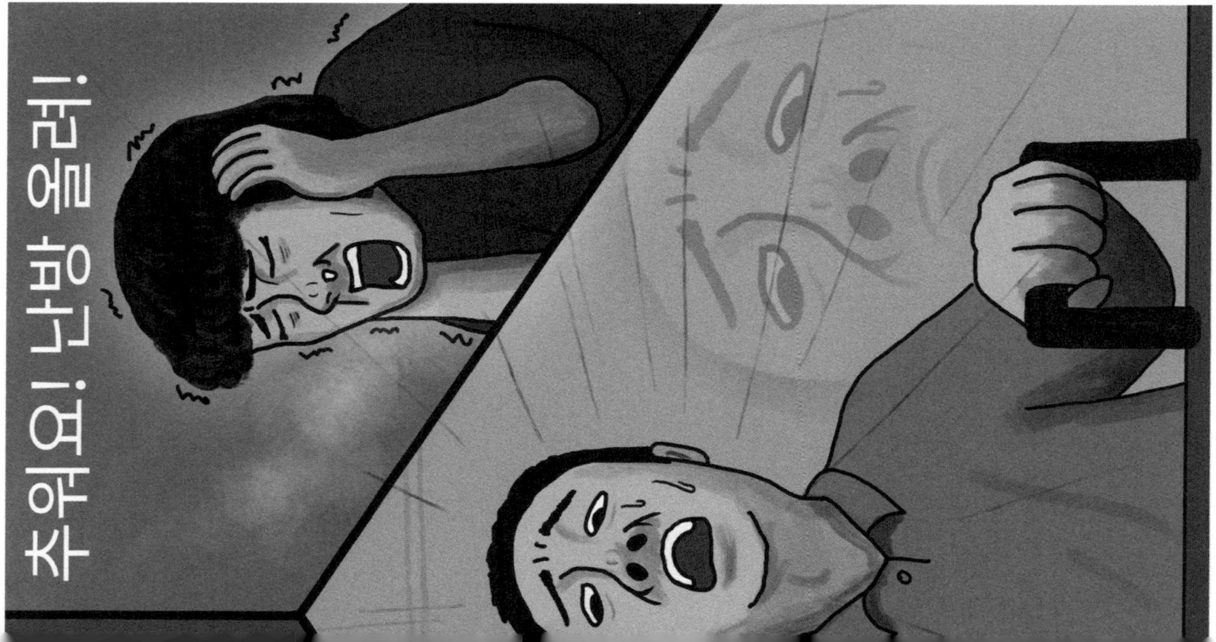

말이냐

은 적도 없는데 솟아오르니 환장할 노릇이다. 그렇게 기관사는 강제로 냉난방 두더지게임의 게이머가 된다. 돈을 넣지 않았지만 이것들은 솟아오른다. 춥다는 민원과 덥다는 민원이 아무것도 솟아오르지 않으면 오히려 불안해진다.

'뭐지? 어떤 게 솟아오르려고 이리도 숨막히게 조용하지?'

그런데 만약 이 냉방기가 고장이라도 난다면 어떤 일이 벌어지겠는가? 20년도 넘은 고물 지하철, 거기에 기생하는 냉방기. 설마 이 냉방기만은 고장나지 않는 불사의 존재일 것이라고 생각하는 사람이 있을까? 그런 말도 안 되는 정상적인 냉방기가 존재할지도 모른다고 생각하는 사람이 혹시 만약에라도 있다면, 『해리 포터』부터 읽고 오길 바란다. (이 지하세계에서 멀쩡하고 정상적인 냉방기는 드래곤이나 불사조처럼 실존하지 않는 전설적, 판타지적 존재이기에.)

고물 지하철에 고물 냉방기, 거기에 지구온난화(빌어먹을 탄소중립 좀 하자)로 인해 사람에게 위해를 가할 의도가 명백해 보이는 폭염. 고장이 안 나겠는가? 이 냉방장치는 꼭 특히 더운 날, 특히 더 뜨겁고 사람 많은 시간에 고장이 난다. 냉방기 고장은 어쩜 이렇게 최악의 상황에서만 벌어질까? 이건 음모가 분명하다. 이 음모의 주체를 찾아낸다면 망설임 없이 한여름에 최고급 구스다운 패딩 점퍼를 입혀 내리꽂히는 태양 광선 아래 방치한 뒤 따뜻한 아메리카노만을 급여하는, 인간이길 포기한 가장 잔혹한 형태의 복수를 할 것이다.

그리고 기관사로서 특별히 두려운 부분은 운전실의 냉방을 따로 설정할 순 없다는 것이다. 객실의 냉방을 설정하면 운전실은 그걸 공유한다. 이게 왜 문제가 되냐면, 승객들은 더울 수 있지만, 하루종일 꺼지지 않는 냉방기 아래에서 드라이에이징*을 당하는 기관사로서는 고역이다. 바람이 나오는 모든 구멍을 막아보지만 이 망할 바람은 또 어디선가 새어나온다. 나는 그저 잘 숙성된 찰진 고기가 되어갈 뿐이다.

반대로 뜨거운 여름날 태양 아래서 태닝을 즐기다 계획과 달리 갑작스레 출고되어 일하러 끌려나온 애먼 열차들은 자연 불가마 상태이다. 그 불가마 열차로 승객들을 운송해야 하는 기관사는 그 순간부터 열차 아이싱을 시작해야만 하고, 그 과정에서 기관사는 익어간다. 정확히 기관사 시어링**을 위한 과정이라 볼 수 있다.

드라이에이징에 시어링까지…… 소금과 후추로 시즈닝만 추가하면 기관사는 고든 램지가 구운 완벽한 스테이크에 버금가게 맛있어질 것이 확실하다. 그러니까 승객들은 열차를 이용하러 온 것이 아니라 '기관사 스테이크'라는 메뉴가 시그니처인 '부산지하철' 레스토랑을 이용하러 온 손님인 것이 확실해진다. (기관사가 고기라면 나는 개인적으로 한우투쁠 넘버나인급의 우수 육질을

* 고기를 일정 온도, 습도, 통풍이 유지되는 곳에 노출시켜 숙성하는 방법.
** 고기의 겉부분을 강한 불에 재빨리 굽는 것.

가졌다고 자부하는 바이다. 고로 우리 '부산지하철' 레스토랑은 오로지 기관사 스테이크로만 승부하는 곳이므로, 파스타 손님은 사절이다.)

기관사의 냉난방 조절처럼 맡은 바 본분을 잘해내었을 때, 전혀 티가 나지 않는 일들이 있다. 이런 일들은 평소처럼 해내지 못했을 때, 그제서야 그 일의 필요성이 드러난다. 냉난방 조절로 대변되는 기관사로서의 일들도, 평화로울 때는 드러나지 않는 UDT/SEAL 대원으로서 임했던 일들도. 마치 시계가 멈추었을 때에야 깨닫는 작은 건전지처럼, 보이지만 보이지 않는 것들이 존재했다.

당연하다고 여겼던 것들이 부재하게 되었을 때의 불편은 이루 말할 수가 없다. 지하철의 냉난방이나 시계의 건전지 정도라면 그나마 다행이지만, 건강이나 사랑, 가족, 친구, 내 영혼 같은 소중하지만 당연하다고 여기기 쉬운 것들의 건전지가 다 닳는다면. 단순히 불편하다는 말로는 표현할 수 없는, 불편을 넘어 불행의 시간들을 보내게 될 것이다.

다시 말해 사랑이든 건강이든 뭐든, 건전지를 미리미리 갈아두자는 말이다. 소중한 것들의 시계가 멈추지 않도록. 당신이 지하철에서 건전지를 가는 동안 덥거나 춥지 않도록, 기관사인 나는 오늘도 냉난방 조절에 목숨을 걸어본다.

기관사를 위한
명절특선 분식집

기관사들의 명절은 조금 다르게 흘러간다.

우선 명절에는 구내식당이 운영되지 않는다. 불 꺼진 구내식당의 유리문 위에는 다음과 같은 문구가 붙어 있다.

"<구내식당 명절연휴 휴무 안내>

○월 ○일~○월 ○일(○일간) 휴무입니다.

명절연휴를 맞아 구내식당은 잠시 쉬어갑니다.

즐거운 명절연휴 보내세요!"

구내식당의 부재로 인해 기관사들은 식사 해결이라는 새로운 숙제를 떠안는다. 하지만 너무 걱정할 필요는 없다. 명절연휴 동안에만 은밀하게 운영되는 '기관사를 위한 명절특선 분식집'이 있으니까.

명절연휴가 시작되면 어딘가에 숨어 있던 밥솥과 인덕션이 휴게실에 자리를 잡는다. 부족한 전기를 끌어오기 위한 노란 리드선이 복도를 가로질러 휴게실로 전기를 공수하고, 혹시나 누가 줄에 걸려 넘어지지 않도록 바닥에 테이프로 확실히 고정한다. 커피도 마시고 수다도 떨던 휴게실이 갑자기 분식집으로 탈바꿈한다. '기관사를 위한 명절특선 분식집'의 설비 및 인테리어는 명절만 시작되었다 하면 누군가에 의해 어김없이 완료되어 있다.

'기관사를 위한 명절특선 분식집'의 주력메뉴는 라면이다. 그 서비스에 대해서는 타의 추종을 불허한다. 라면을 먹으러 온 기관사의 입맛과 취향에 120퍼센트 부합하는, 기관사 개인별 맞춤형 라면을 제공한다. 나는 34년을 살아오는 동안 방문해본 어떤 분식집에서도 이 정도로 나에게 딱 맞는 라면을 먹어본 기억이 없다. 당연한 일이다. 내가 끓여먹는 거니까. 이 분식집에는 프랜차이즈 '써브웨이' 샌드위치처럼 다양한 옵션 선택권이 있고, 동시에 50년 전통 할머니 국밥집을 방불케 하는 후한 인심이 공존한다. 분식집에 입장하면 우선 인덕션에 물을 올리고 원하는 라면을 고른다. 안성탕면, 너구리, 신라면, 열라면, 진라면, 참깨라면 등 다양한 선택지가 존재한다. 라면을 고르고 난 뒤에는 원하는 토핑을 고른다. 평점과 후기가 좋은 분식집인 만큼 한두 가지 토핑을 제공하고 생색내지 않는다. 그때그때 다르지만 이번 명절에 준비된 토핑을 나열해보자면 계란, 만두, 오뎅, 떡국

떡, 콩나물, 김치(반찬으로 제공되지만 토핑으로도 활용 가능하다) 등이 제공되었다. 자, 이제 원하는 라면에 원하는 토핑을 넣고 끓인 맛있을 수밖에 없는 라면이 완성되었다. 여기서 끝일까? 당연히 그렇지 않다. 의젓하게 자리한 대용량 밥통에서 원하는 만큼 밥을 푸고, 먹을 만큼 김치를 던다. 완벽한 라면정식일 수밖에.

여기서 끝이라 생각했겠지만 틀렸다. 라면정식을 먹고 난 이후에는 후식이 준비되어 있다. 스낵류와 과일 등이 디저트로 준비되어 있다. 스낵류는 보통 신호등과자나 마카로니 과자 등 옛날과자 한 종류가 기본적으로 준비되고 추가로 초코파이나 몽쉘, 엄마손파이 등이 제공된다. 과일은 보통 손질하지 않아도 얼른 먹기 쉬운 포도나 귤 등이 마련되어 있다. (이 정도면 초만 안 피웠다 뿐이지 사실상 차례를 지내고 있다고 봐야 할 것이다.)

가장 충격적인 차별성은, 이 모든 것이 '공짜'라는 것이다. 본인이 먹은 그릇 설거지만 하면 된다. 파격적이지 않은가. 세상 분식집들 다 망할 판이다.

이런 파격적인 영업의 비밀은 바로 우리 회사에 조직된 상조회에서 이 모든 것을 주관한다는 것이다. 구내식당이 운영되지 않는 명절연휴 동안에 오히려 명절특선 메뉴를 먹을 수 있는 것은 바로 이들의 은밀한 노력 덕분이다. 명절만 시작되었다 하면 '기관사를 위한 명절특선 분식집'의 설비와 인테리어를 쥐도 새도 모르게 완료해두는 것도 바로 이들이다.

'기관사를 위한 명절특선 분식집' 이외에도 기관사의 명절은 보통 사람들과 다르게 흘러간다. 흔한 예로 집안마다 차례시간이 달라지기도 한다. 회사 부근에 큰집이 있는 A 기관사의 경우, 지난 명절 당일 A가 오전 10시에 퇴근하는 바람에 가족들이 A의 퇴근을 기다리다 때늦은 오전 11시에 차례를 지냈다. 같은 날 야간근무였던 B 기관사의 시골집에서는 B를 위해 새벽에 차례를 지내고 속전속결로 절차들을 마쳤고, 그 덕에 B는 여유롭게 부산으로 이동해 야간근무에 임할 수 있었다.

이처럼 기관사들의 명절은 조금 다르게 흘러간다. 비단 명절뿐만이 아니다. 크리스마스도 어린이날도 삼일절도 한글날도 12월 31일도 해가 바뀐 1월 1일도, 또 그 바뀌는 순간에도. 기관사들의 시간은 조금 다르게 흘러간다. 우리의 슬픔이라면, 소중한 사람과 중요한 순간에 함께하지 못하는 일이 생기기도 한다는 것.

하지만 어쩌겠는가. 이 일이 세상에 꼭 필요한 일이라는 것을 우리는 알고 있다. 다른 사람이 자거나 쉬는 때에도 공공성과 정시성을 지키고 제공해야 하는 지하철은 움직여야만 한다. 그러니 웃으며 말하겠다. '누군가는 몰아야 하니까'라고.

15번의 시험, 그렇게 기관사

어떻게 하면 기관사가 될 수 있어요?

많이들 묻는다. 하지만 답하기가 쉽지 않다. 넘어야 할 관문들이 꽤나 많은 편이고, 은근히 복잡한 절차를 거쳐야 하기 때문이다. 그래도 그 복잡다단한 절차를 쉽게 알고 싶은 사람들을 위해 한 평범한 인간이 기관사로 서기까지의 과정을 재구성해보겠다.

그에게서 묘한 끌림을 느꼈다

2016년 대학교 4학년 1학기가 시작되기 전 방학. 교수님께 전화가 왔다.

"도훈아, 우리 과에서 부산지하철 연구개발팀에 장기현장실습생 자리가 생겼는데, 처음인 만큼 네가 가서 잘해줬으면 좋겠구나."

"예, 교수님, 거기가 어딘지는 잘 모르지만 교수님이 가라 하시면 가겠습니다!"

그렇게 교수님을 절대적으로 신뢰하던 나는 부산지하철 연구개발팀의 장기현장실습생이 되었다.

첫 근무일이었던 2016년 3월 2일. 정신없이 적응하던 중에 복도에서 마주치는 사람들 중 묘하게 여유로운 분위기를 풍기는 사람들의 존재를 알게 되었다. 우선 걸음걸이부터가 달랐다. 같은 공간을 스쳐감에도 그들만이 다른 공간에 존재하는 것 같았다. (후에 신규기관사로서 교육받을 때, 교육원의 교수들이 우리를 장난삼아 자영업자라고 불렀다. 기관사는 자기 일만 알아서 잘하면 되기 때문에 자영업자나 다름없다는 것이었는데, 아마 그런 독립성이 기관사에게서 묘한 분위기를 만들어냈을 것이다.) 점심을 먹으러 가던 중 연구개발팀의 과장님께 그들에 대해 물었고, 그들이 바로 기관사라는 사실을 알게 되었다.

기관사.

매일 지하철을 이용하면서도 자각하지 못하던 존재였다. 그들의 묘한 분위기에 마음을 빼앗긴 나는 실습생이 된 지 일주일만에 전공을 때려치우고 기관사가 되기로 마음을 먹었다. (그 소식을 듣고 "그러라고 보낸 게 아닌데……"라며 교수님께서 특히 안타까워하셨다.)

자네, 시간과 돈은 준비됐나?
철도 운전면허를 따러 가보자

'철도차량 운전면허'라는 것이 존재한다. 자동차를 운전할 때 필요한 '자동차 운전면허'와 같은 개념이다. 기차를 몰기 위해선 철도차량 운전면허가 있어야 하고, 자동차 운전면허가 그러하듯 본 시험을 치르기 위해서는 신체검사, 적성검사에 통과하고 필요한 교육을 이수해야만 한다. 다만 자동차 운전면허를 위한 교육은 한 시간 정도에 불과하지만, 철도차량 운전면허를 위한 교육은 680시간(제2종 전기차량 운전면허의 경우)의 교육을 이수해야 한다는 '작은' 차이점이 존재한다.

또한 철도차량 운전면허 소지자의 인원은 국가에서 관리하기 때문에 원한다고 아무나 그 교육을 받을 수가 없다. 운전교육 훈련기관에서 주관하는 입교 시험을 치고 총 응시자 중 약 50등(기관에 따라 한 기수에 30~50명 정도의 교육인원을 뽑는다) 안에 들어야 운전면허시험 응시를 위한 교육을 받을 자격이 주어진다. 여기 합격하더라도 평균 500~600만 원 정도의 교육비를 납부하여야 하며, 바로 철도차량 운전면허를 주는 것이 아니라 겨우 철도차량 운전면허시험에 응시하기 위한 교육을 받을 자격이 생기는 것이다.

하지만 그 첫 관문도 내게는 쉽지가 않았다. 부산이 고향인 나는 부산지하철에서 운영하는 교육훈련기관의 시험에 1년 동안 세 차례 정도 응시했지만 전부 떨어졌다. 나에게는 이 시기가 위기였다. 겨우 첫 관문조차 통과하지 못하는 나를 보면서 많은 고민을 했다.

그러던 중 다행히 코레일에서 운영하는 교육훈련기관의 시험에 합격했고 비로소 교육을 받을 수 있었다. 큰 기쁨이었지만 그것도 잠시, 이제 겨우 첫걸음을 떼었을 뿐이었다.

극한의 경쟁률을 뚫어라!
…뚫을 수 있을까?

이론교육 270시간, 기능교육 410시간, 도합 680시간의 교육.

나는 그 교육을 경기도 의왕에 있는 코레일 운영 교육훈련기관인 인재개발원에서 받았다. 부산이 고향이었기에 뜻밖의 타지 생활이 시작되었다. 국가에서 인원을 관리하는 교육인 만큼 교육 자체도 녹록지 않았지만, 교육이 끝난 뒤부터 응시가 가능한 철도차량 운전면허시험에 대한 걱정이 우리를 쉬지 않게 했다.

약 반년에 걸친 교육과 타지 생활 끝에 철도차량 운전면허시험에 응시할 수 있었다. 다섯 과목의 필기시험을 치른 후 합격자에 한해 기능시험을 치렀고, 드디어 철도차량 운전면허(제2종 전기차량 운전면허)를 손에 쥘 수 있었다.

하지만 사실상 이제 본 게임 시작이었다. 이제부터 면허를 가지고 부산교통공사, 서울교통공사, 코레일 등 철도운영기관 운전직 공채에 뛰어들 차례였다. 단계로만 보자면 이제 공채만 합격하면 기관사가 되는 것이지만 그리 간단치가 않다.

우선 공채에 합격하기 위해 다양한 가산점을 갖추어야 유리하다. 여러 자격증이나 구간인증 같은 특정 교육을 이수한 경우 가산점이 주어지기에 다들 가산점을 맞추기 위해 노력한다. 그렇게 가산점을 맞추었더라도 철도운영기관 운전직 공채의 경쟁률이 치열하다. 2020년 기준 운전면허를 가지고 철도운영기관에 취업을 준비하는 취준생이 3600명 정도였다고 한다. (내가 부산지하철 기관사로 최종합격했을 때의 경쟁률이 약 45 대 1이었다.) 면허기관 입교 시험에 합격하고, 반년에 걸친 교육을 받고, 필기시험과 기능시험을 통과하여 철도차량 운전면허를 가졌다고 해서 모두가 기관사가 되는 건 아니라는 소리다. 내가 2017년에 같이 교육을 받은 동기는 총 50명인데 그중 반 정도는 아직 취업을 준비중이거나 기관사가 되기를 포기한 상태다.

목숨 걸고 덤벼든 코레일 운전직 공채

그렇게 철도차량 운전면허를 취득한 기쁨도 잠시, 코레일 운전직 공채시험이 2주 앞으로 다가와 있었다. 운전면허시험이 끝나자마자 2주 뒤에 코레일 공채시험이 있었던 것이다. 면허시험으로 인해 준비할 시간이 없었지만 그걸 코레일측에서 배려해줄 리 없었다. 다만 최선을 다할 수밖에. 준비 기간이 2주밖에 없는 극한의 상황 속에서 준비에 혼신의 힘을 다했다. 잠을 줄여가며 인터넷 강의를 여러 번 돌려봤고, 문제풀이를 하며 내 풀이법을 수정해갔다.

다른 동기들은 시간이 없었기에 경험 삼아 시험에 응시했지만, 나는 목숨을 걸고 덤벼들었던 결과 동기 50명 중 나를 포함한 2명만이 필기시험에 합격하였고, 결국에는 나 혼자만 면접시험까지 통과할 수 있었다. 그렇게 코레일 운전직 인턴사원으로서의 생활을 시작하게 되었다.

벼랑 끝에서 미끄러진 인턴사원의 비애

기뻤다. 동기 50명 중 나 혼자 합격해서 인턴사원이 되었다는 사실이. 해봐야 안 된다며 내게 부정적인 말을 하던 동기가 있었는데 그 동기 덕택에 기쁨이 배가됐다. (안 된다고 부정적인 말을 해대기에 내가 쏘아붙이듯 말했다. 그래, 우리 다 힘들긴 할 텐데, 누군가 붙는다면 네가 아니라 내가 붙을 거라고. 내가 합격한 이후 다행히 그 동기와는 더욱 서먹해졌다.)

그로부터 두 달간 코레일 운전직 인턴사원의 시간을 보냈다. 두 달간의 인턴 생활을 토대로 한 사업소평가와 2차 필기평가, 2차 면접평가를 합산하여 80퍼센트를 정규직으로 전환했는데,

나는 떨어졌다. 80퍼센트가 정규직 전환이었기에 나는 당연히 정규직이 될 것이라 자신했고, 더욱이 사업소평가와 면접평가를 잘 봤기에 방심해버렸다. (필기평가에서 박살이 나버렸다.)

불합격 통보를 받은 뒤부터 한 달 정도 내가 무슨 생각을 했는지 자세히 모르겠다. 그냥 멍하고 편하게 지냈다. 밥 먹고 운동하고 싸고 자고. 다만 그즈음 아파트에 살던 내가 잘못된 선택을 하진 않을까 걱정한 동생이 자주 전화를 했던 기억은 있다.

때론 절망이 다시 나를 구한다

운동인으로 지내길 한 달 정도. 친한 면허 동기 누나에게 전화가 왔다. 괜찮으냐고. 이번에 김해경전철에서 구간인증 교육생들 뽑는데 같이 지원하자고. 구간인증 받으면 가산점 있으니 다시 힘내보자고.

그렇게 한 달간의 운동인 생활을 마무리하고 김해경전철 구간인증 실습생 지원서류를 제출했다. 당시 부산에 살던 면허 동기들과 다 함께 지원서를 넣었는데, 정작 나 혼자만 붙어버렸다. 나중에 알게 된 바로는 김해경전철측에서는 경력이 있는 지원자를 원했고, 면허 동기들 중 유일한 경력자였던 나 혼자만 붙게된 것이었다. 아이러니하게도 나를 절망의 늪으로 밀어넣었던 그 코레일 인턴사원의 경력 덕분에 나는 어찌되었든 교육에 성실히 임할 수 있었고 무사히 교육을 마쳤다.

그리고 그즈음 부산지하철 공채가 뜬다는 소문이 돌기 시작
했다.

그러려니 여기면 그렇게 낙방할 것이다

부산교통공사의 신입 공채시험 절차를 보자면, 우선 필기로
1차 합격자를 거른 후, 1차 면접을 통해 한번 더 합격자를 거르
고, 2차 면접까지 살아남아야만 부산교통공사의 사원증을 목에
걸 수 있다. 이게 피가 마르는 이유는 필기시험, 1차 면접, 2차
면접이라는 세 번의 시험을 차례로 통과해야 한다는 압박감도
있지만, 각 시험이 약 한 달 정도의 시차를 두고 치러지기 때문
이다. 준비할 시간이 있어서 좋다고 생각할 수도 있겠지만 대부
분은 그렇지 못하다.

생각해보자.

공채시험이 공지되고 대략 두 달 뒤에 시험이 실시된다. 두 달
간 필사적으로 공부해서 합격하면 그 즉시 약 한 달 뒤의 면접
시험을 준비하게 된다. 면접학원이나 스터디 등에서 그간 해보
지 못했던 면접 공부를 하며 힘들게 면접시험을 준비한다. 면접
시험 결과가 나오면 일부 사람들은 좌절한다. 약 세 달간 공부
하고 준비하며 필기에 합격하고 1차 면접까지 치렀건만 탈락하
게 되었으므로. 남은 사람들은 다시 약 한 달 뒤의 2차 면접을
준비해야 한다. 그렇게 시험 공지부터 최종 면접까지 대략 4개

월 동안의 시험기간을 견뎌야 하는 셈이다. 그러려니 하며 그저 그렇게 공부할 수도 있겠지만 그런 사람은 떨어진다. 그러니 4개월 동안 필사적으로 노력해야 한다. (보통 중고등학교에서는 3일, 대학교는 일주일의 시험기간을 가지고, 그 기간 안에 모든 시험이 끝나는 것으로 알고 있다.) 그런데 이보다 더 큰 문제는 이 4개월의 시험기간을 거치고 최종면접에서 떨어진 사람이다. 이런 사람들은 내가 코레일에서 그랬듯 큰 내상을 입게 된다. 생각만 해도 미칠 노릇이다. 친한 누나가 이 최종면접에서 떨어지고도 다음 시험에 합격해냈는데, 이 누나는 내가 아는 누나 중에 가장 강인한 인간이다.

다행히 나는 그 피 말리는 여정에서 살아남았고, 부산지하철 2호선의 기관사가 되었다.

여기까지가 기관사가 되기까지의 내 대장정이다. 반드시 통과해야만 하는 필수적인 관문의 시험 여섯 번. 이 시험들 말고도 기관사에 이르기 위해 치렀던 아홉 번의 시험들. 총 열다섯 차례의 시험. 그렇게 나는 기관사가 될 수 있었다.

기관사가 되기 위해 열다섯 번 이상의 시험을 치렀다고 하면 다들 놀란다. 나 역시 놀라긴 했다. 쉽지 않다는 것은 알고 있었지만, 2년이라는 시간 동안 열다섯 번이나 시험을 치렀다는 사실은 자각하지 못하고 있었다. 정작 나는 공감하지 못했지만 주변 사람들은 내가 대단하고 엄청난 일을 해냈다고 말해줬다.

결코 쉽게 이룬 일은 아니었지만, 결과만을 들은 사람들과 모든 걸 겪은 당사자인 내 생각의 차이는 흡사 점과 선의 차이와 같았다.

내가 좋아하는 단어 중에 '점철되다'라는 말이 있다. 흐트러진 여러 점이 서로 이어진다는 뜻이다. 나는 매 순간 하나의 점을 찍었을 뿐이고, 그렇게 모인 열다섯 점들이 기관사로 이어진 선을 만들었을 뿐이었다.

기관사로서의 일도 마찬가지였다. 부산지하철의 경우 평균적으로 한 번 근무를 시작하면 약 두 시간 삼십 분 동안 승무를 한다. 주변인들은 그것을 듣고 근무시간이 길고 힘들겠다며 걱정한다.

물론 맞는 말이다. 한 번 열차에 오르면 절대 그 2평 남짓한 공간에서 벗어날 수 없고, 화장실조차 허락되지 않는다. 하지만 우리는 두 시간 삼십 분 동안 운행할 생각에 힘들어하고 답답해하기보다는, 호포 덕천 사상 서면 광안 수영 벡스코 해운대 등, 운행하며 마주치는 매 역마다 정해진 절차를 이행하고 해야 할 일들을 하느라 바빴다.

정해진 절차, 안전한 운행, 고장 감시, 승강장 감시, 출입문 취급, 안내방송 등등.

그렇게 점을 찍듯 한 역 한 역을 지나고 마지막 역에서 다음 기관사에게 열차를 인계하고 내릴 때, 부산을 크게 한 번 가로지르고 돌아왔으며, 그러는 동안 두 시간 삼십 분이라는 시간이 흘렀음을 자각한다. 나는 그저 매 역에 충실했을 뿐이다.

삶에서 내가 찍어온 점들을 돌이켜봤다. 많은 점들이 있었지만, 그중 가장 분명하고 의미 있는 점들을 꼽아보자면,

사랑, UDT/SEAL 대원, 기관사.

가장 절실하고 치열하게 임했고, 끝끝내 찍어냈고, 그랬기에 내게 가장 값진 점들. 이런 점들을 찍으며 살아왔기에, 지금의 내가 새로운 점을 꿈꾸고 있는 건지도 모른다. 그렇게 나는 또 점철되어가고 있었다. 마치 기차선로처럼.

분노의 화신과 13 기관사, 그리고 최후의 티타임

　기관사를 양성하거나 선별할 때, 기관사에 대한 실기평가는 상당히 빡빡한 편이다. 제일 처음 그 사실을 실감한 것은 기관사 면허시험 때였다. 기관사로서 열차를 운행하기 위해서는 열차 운전면허가 필요한데, 열차 운전면허시험은 필기평가와 기능평가로 구성된다. 필기평가도 녹록지 않지만 특히 더 어려운 건 기능평가이다. FTSFull Type Simulator라는 모의운전연습기를 이용해 시험을 치르는데, 열차 운전실을 그대로 재현해놓은 시뮬레이션 시스템이라고 보면 된다. 이 FTS에서 열차를 운행하면서 다양한 고장이 발생했을 때 깔끔한 안내방송과 정해진 조치를 얼마나 잘해내는지를 평가한다. 하나라도 과정이 누락되거나 버벅거리면 가차 없이 감점이다. 문제는 그 상황에 대처하는 내내 오른쪽 대각선 뒤에 자리한 (앞만 봐야 하는 나에게는 보이지 않는) 감독관이 계속 질문을 해댄다는 것이다.

"○○를 언제 취급하죠?"

"××에는 어떤 기능이 있죠?"

"전차선 단전 시 조치방법은?"

"화재발생 시 조치방법은 어떻게 되죠?"

"△△△△ 차단 시 조치방법을 말해보세요."

"비상제동 해방 불능 시 조치방법을 다 나열해보세요."

우리는 이것을 구술평가라 부르는데, 대부분의 철도차량 운전면허 불합격자들은 이 과정에서 발생한다. 운전과 고장조치에 집중하느라 구술질문에 똑바로 답하지 못하거나, 혹은 구술질문에 답하느라 정지 위치를 넘어서 정차하거나 고장조치를 똑바로 못 하거나. 이 빡빡하고도 척박한 구술평가에서 살아남았다 하더라도 안심해선 안 된다. 이제 본 게임에 들어가야 하니까.

기관사가 되기 위한 절차 중 나를 가장 몰아붙였던 관문은 바로 부산지하철 1차 면접 때였다. 면접시간 전 미리 도착하여 관계자에게 내가 도착했음을 알리고 면접시험을 기다렸다. 면접은 한 번에 4명이 들어가서 여러 명의 면접관과 다대다로 면접을 치르는 방식이었다. 고로 면접 대기실에는 나와 함께 들어가게 될 경쟁자 혹은 동지가 세 명 더 있었다. 어색했다.

"안녕하세요."

"아, 네. 안녕하세요."

"……"

묘하게 떨리는 정적이 이어졌다. 서로 경쟁하는 사이여서인지 코앞으로 다가온 면접에 대한 걱정 때문인지, 떨림인지 어색함인지 모를 애매한 기분을 느꼈다. 실제로는 얼마 되지 않는 시간이었겠지만 어색한 동시에 극도로 긴장했던 우리 넷에겐 그 잠깐의 기다림이 영원처럼 느껴졌다. 아무도 떨린다거나 긴장된다는 말을 하진 않았지만, 누가 보더라도 우리들은 긴장하고 있었다.

그 숨막히게 떨리는 정적을 깬 건 면접 진행 관계자였다.

"곧 들어갑니다."

분명히 정적을 깨고 말을 했음에도 우리의 정적은 더 깊어졌다. 잠시 뒤 면접 진행자가 다시 정적을 깼다. (아니, 끝냈다고 표현하는 것이 맞을 것이다.)

"들어갈게요."

네 명이서 일렬로 문을 열고 면접장으로 들어갔다. 나는 세번째였다. 최대한 확실하고 친절하게 인사를 마치고 방 한가운데 떠 있는 듯한 내 의자에 앉았다. 우리 네 명은 약 2미터의 간격을 두고 높은 의자 위에 앉았다. 공중에 매달려 있는 우리를 면접관들이 바라보는 듯했다.

면접관은 네 명이었다. 하나같이 심상치 않은 관상과 표정의 소유자였다. 그중 2번 면접관과 3번 면접관은 화가 나 있는 듯했는데, (이제 곧 알게 되겠지만) 그건 사실이었다. 우리가 자리에 앉자 잠시 화가 안 난 척 우리를 속이고 있던 3번 면접관이 먼저 말을 꺼냈다.

"식사들은 했어요?"

웃으며 물었지만 그건 함정이었다. 면접관들은 화가 나지 않았으며 좋은 사람이라는 인상을 줘서 우리들을 방심하게 만들려는 치밀한 함정. 훈훈한 줄 알았던 분위기에 2번 면접관의 한마디가 날아와 꽂혔다.

"자기소개서 읽어보면 여기 온 사람들 다 좋은 사람이고 다 능력 있는 사람인데, 이런 건 믿을 수도 없고 됐으니까 우리가 당신들을 왜 뽑아야 하는지 진짜 이유를 말해보세요."

모두가 1번 면접자를 바라봤다. 누가 봐도 당황한 기색이 역력했던 그는 두서없이 생각나는 말들, 아마도 자기소개로 준비했던 듯한 말들을 했다.

"네, 저는 어려서부터 성실한 사람이었습니다…… 반장을 하기도 했었고…… 대학생 때도……"

"아니, 그런 거 말고 왜 당신을 뽑아야 하냐구요."

화가 머리끝까지 난 것이 분명한, 이성을 잃은 2번 면접관이 1번 면접자의 얼굴에 카운터펀치를 꽂아넣었다.

"아 네…… 어…… 저는…… 대학생 때도 성실……"

"됐고, 다음."

망연자실한 1번 면접자를 뒤로하고, 그 모든 화살이 2번 면접자를 향했다. 화가 나 있는 것이 틀림없는 8개의 눈동자 역시 일제히 그를 향했다. 내 바로 옆에 앉은 그가 당황했다는 사실이 내게도 전해졌다.

"네, 저는 체력이 좋습니다. 좋은 체력을 바탕으로 기관사……"

"아니 자꾸 그런 거 말고 왜 뽑아야 하는지 제대로 된 이유를 말해달라니까요."

"……"

"다음."

점점 날카로워지는 화살이 이번엔 나를 향했다. 화가 난 8개의 눈동자와 거기서 나오는 송곳 같은 눈길이 나를 향했다. 내가 나도 모르는 사이에 이들에게 큰 실수라도 했던 것일까? 그들이 전하려는 압박이 내게 전해졌다. 내 생각에 지금 여기 앉은 면접관들은 면접 전문가들이 아닌 길거리 눈싸움 챔피언 출신들이 확실했다. 그들이 내 옆 사람에게 눈빛을 꽂아넣을 때와는 확연히 달랐다. 눈을 마주쳤을 때에만 전해지는 압박이 있었다. 하지만 나는 그런 압박을 견뎌낼 수 있었다. 그간 척박하고 간절하게 살아온 보상이었을까. 다음은 그날 내가 했던 답변을 토씨 하나 틀리지 않고 옮긴 것이다.

"네, 저는 두 가지 이유에서 제가 기관사가 되어야 한다고 생각합니다.

첫째, 저는 비상상황에 준비된 책임감 있는 기관사입니다. 저는 해군 UDT/SEAL에서 군복무를 했습니다. 그곳에서 다양한 훈련과 상황들을 겪으며 일반인들이 겪을 수 없는 비상상황에 대한 경험들을 쌓았습니다. 또한 저희 팀워크의 기본이 서로 등을 내어주는 것인데, 내 등을 내어주는 동시에 동료들의 등뒤를 지키고 팀 내에서 제 맡은 바 역할에 최선을 다함으로써 책임감이 어떤 것인지 알게 되었습니다.

둘째, 저는 부산지하철이라는 조직에 잘 융화될 수 있는 사람입니다. 저는 부산지하철 연구개발팀에서 2016년 3월 2일부터 약 네 달간 장기현장실습생으로 근무했습니다. 그때 함께 일했던 과장님, 차장님, 주임님 들과 좋은 관계를 형성했고, 아직까지 잘 이어오고 있습니다. 물론 제가 앞으로 일하게 될 기관사들의 승무부서와는 다른 부서이지만, 이미 부산지하철이라는 조직 내에 잘 융화되었던 경험이 있는 만큼 기관사로서도 부산지하철에 잘 융화될 수 있다고 생각합니다.

이상의 두 가지 이유로 제가 기관사로 뽑혀야 한다고 생각합니다."

"……다음."

내 대답에는 비수가 날아와 꽂히지 않았다. 알 수 있었다. 내가 잘 대답했다는 것을. 하지만 아직 끝이 아니었다. 이제 첫 질문일 뿐이었으니까. 그뒤로도 면접관들은 조절할 수 없는 분노를 풀어내듯 계속해서 화를 표출했다. 특히 3번 면접관이 우리를 몰아세웠다. 그나마 2번 면접관은 처음에만 화를 내고 이내 화가 좀 풀린 듯했는데, 3번 면접관은 이상하게 점점 더 격분해 갔다.

"그래서 해결책이 뭐라는 거죠?"

"딴 거 없어요? 신입사원이라는 사람이 겨우 그런 아이디어밖에 없어요?"

"그건 틀렸습니다. 제대로 조사 안 해봤어요?"

"똑바로 알지도 못하고 말을 하네요. 여기 나가면 다시 확인해보세요."

쉽지 않은 시간이었지만 비상상황에 준비된 사람이었던 나는 끝까지 침착함을 유지할 수 있었다. 하지만 그날 거기 나와 함께했던 나머지 사람들은 그렇지가 못했다. 면접이 끝나고 회사 건물을 나와 우리끼리 잠시 모였을 때였다. 제일 처음 좌절했던 1번 면접자가 말했다.

"난 여기 말고도 면접 볼 데 있어서 큰 미련 없어요. 커피나 한잔 하러 갈래요?"

큰 미련 없다는 그의 말이 이해되지 않았던 나는 당연히 거절했고, 나머지 둘은 그를 따라갔다. 그 이후 2차 면접과 최종합격자 설명회 어디에서도 그들을 볼 순 없었다.

그로부터 몇 달이 지나고 부산지하철 신입기관사로 최종합격한 나를 포함한 우리 기관사 동기 총 13명은 다시 한번 위기를 맞게 된다. 부산지하철의 여러 시설을 견학하던 중 S승무사업소에서 소장과 면담하게 되었는데, 그 소장이 공포의 면접에서 가장 화나 있었던 분노의 화신 3번 면접관이었던 것이다.

잔뜩 긴장한 우리 열셋은 S승무사업소 소장 사무실 문 앞에 서서, 면접에 다시 들어가는 듯한 트라우마를 겪었다. 잔뜩 긴장한 채 문을 두드렸다. 똑똑.

"네. 들어오세요."

"안녕하십니까!"

잔뜩 긴장한 열세 가지 버전의 우렁찬 '안녕하십니까'가 S승무사업소 소장의 사무실을 가득 채웠다.

"반가워요. 앉아요, 우선. 차 한잔 합시다."

사람 좋게 웃으며 앉길 권유하는 S승무사업소 소장. 함정이 분명했다. 지난번에도 마찬가지였다. 식사는 했냐는 사람 좋은 물음 뒤에 갑작스레 다른 사람으로 돌변했다. S승무사업소 소장과 우리 열셋은 크고 기다란 테이블에 앉았다. 각자 앞에 차 한 잔씩이 놓였다. 묘한 침묵이 흘렀다.

그 구도를 좀더 설명해보자면, S승무사업소 소장이 가운데 앉고 그 좌우로 우리 열셋이 나뉘어 앉았으며, 가운데는 녹차 잔들이 오와 열을 맞춰 도열해 있었다. 만약 입구 쪽에서 우리를 보았다면 누구라도 레오나르도 다빈치의 <최후의 만찬>을 떠올렸을 것이다. 예수가 십자가에 못박혀 죽기 전날 열두 제자들과 최후의 만찬을 가졌듯이, 분노의 화신인 S승무사업소 소장과 우리 13 기관사들은 생에 마지막 녹차인 듯 최후의 티타임을 가졌다. S승무사업소 소장이 침묵을 깼다.

"허허…… 긴장 안 하셔도 돼요."

"……"

"그때는 면접이라 그랬던 것이지 평소에는 전혀 그렇지 않습니다."

그때부터 그는 그날 면접에서 미친듯이 화를 냈던 이유에 대해 설명해줬다. 기관사로서 다양한 비상상황이나 이례적인 상황에 놓이게 되면 패닉에 빠지기 쉬운데, 그렇지 않은 기관사를 선별하기 위한 방법이었다는 것. 그 말이 납득은 갔지만 긴장을 놓을 수는 없었다. 그렇게 불편한 최후의 티타임을 뒤로하고 우린 S승무사업소 소장의 방을 나섰다. 끝까지 거두지 못하던 의심을 그 방에서 나오고 나서야 거둘 수 있었다. 그는 분노형 인간이 아니었던 것이다. 놀랍게도 그는 '정상인'이었다.

이제까지 만났던 화가 잔뜩 난 채 기관사 선별이라는 역할을 맡은 사람들도 마찬가지였다. 분노형 인간들이 아니었다. 기관사 면허 실기평가의 감독관들도, S승무사업소 소장을 비롯한 지하철 입사시험의 면접관들도, 우리를 평가하는 내내 화나 있었던 본사 팀장님도.

어쩌면 당연히 그래야 하는 걸지도 모르겠다. 어떠한 압박 속에서도 본인의 열차와 승객들을 지킬 수 있는, 책임감 있고 흔들림 없는 기관사가 필요하기에.

기관사라는 이름의 무게가 있다. 일을 하다보면 열차에 부딪히기라도 한 듯 열차가 가진 몇백 톤의 중량이 한순간에 느껴지는 순간들이 있다. 승객들의 안전과 열차의 운행에 대한 모든 책임이 내게 있다는 사실과 그 무게가 여실히 느껴졌다. 마찬가지로 세상에는 단어 자체로 무게를 가지는 역할들이 여럿 있다.

가장, 리더, 소방관, 군인, 경찰, 의사, 간호사, 판사, 검사, 변호사 등등.

이 묵직한 말들에는 책임감이라는 것이 따라붙는다. 그게 이 단어들에 무게감을 부여한다. 분명 부담되는 일이다. 하지만 동전의 앞뒷면처럼 세상 어디에나 양면성은 존재한다. 책임감은 부담감을 느끼게 하는 동시에 자부심을 가지게 한다.

나는 내 손 위에 올려진 기관사로서의 책임감이라는 동전에서, 부담감보다는 자부심이라는 면을 쥐고 있기로 했다.

거울 앞의 기관사,
거울에 비친 기관사

이 이야기는 거울 앞에 출몰하는 한 기관사에 대한 이야기이다. 그의 존재는 어딘가 이질적이다. 이치에 맞지 않는다고 해야 할까. 처음에 그를 봤을 때는 그렇게 느끼지 않았지만, 그를 알게 될수록 그렇다는 생각이 들었다.

우리 회사에는 헬스장이 있다. 뭐 대단한 헬스장은 아니다. 그저 간소하고 필수적인 기구들 몇 개 있는, 운동할 수 있는 공간이라는 표현이 더 적합하다. 아주 노후해서 제대로 관리되지 않는다는 치명적인 한계점이 있지만, 민원 넣을 일 없는 우리 지하철 직원들이 쓰는 곳이라 큰 문제 없이 존재한다. (우리 지하철 직원들 대부분은 민원 트라우마를 앓고 있기에.)

그 헬스장에 자주 출몰하는 한 선배 기관사가 있었다. 우리 기관사들의 업무가 혼자 하는 일이고 불규칙하다보니, 근무시간이 맞는 사람이 아니면 잘 만나지 못한다. 선배는 나와 근무시간이 완전히 달라서, 근무중에는 거의 볼 일이 없었다. 하지만 우리는 헬스장에서 늘 만났다. 운동에 집착하는 우리에게는 어쩌면 당연한 일이었다. 회사 선후배 사이라기보다는 운동 친구라는 말이 더 잘 어울렸다.

얼마 전 운동하다가 또 헬스장에서 만난 날이었다. 운동을 먼저 끝낸 선배가 옷을 갈아입다 말고 거울을 한참 들여다보더니 말한다.

"도훈아, 내가 육십이다.

믿기나? 나는 너무 만족스럽다.

내 나이 육십이라 하면 아무도 안 믿는다."

그 이후로 또 헬스장에서 만나길 열 번 남짓. 우리는 거의 하루걸러 헬스장에서 만나기 때문에 기간으로는 2, 3주 정도 지난 날이었다. 또 운동을 먼저 끝낸 선배가 옷을 갈아입다 말고, 반쯤 헐벗은 상태로 거울 앞에 얼어버린 듯 서 있다. 거울 안을, 더 정확히는 거울에 비친 자기 자신을 한참 들여다보더니 말한다.

"도훈아, 내가 육십이다. 이게 말이 되나? 얼마 전에는 지리산 천왕봉 꼭대기에 딱 서서 일출을 보고 있는데 누가 나를 찍어주는 거라? 그러더니 너무 멋있어서 찍었다고 하더라고."

내 생각에, 그 내막은 확실히 알 수 없는 일이었다. 물론 사진이야 찍어줬겠지만 그 의도는 모를 일이었다. 둘 중 하나라고 생각했다. 선배 말대로 실제로 멋있어서 찍어줬을 수도, 아니면 본인도 사진을 찍어달라는 부탁을 하기 위해 찍어줬을 수도 있었다. 관광지에서 흔한 '사진 품앗이'를 위해 선제적으로 찍어줬을 수도 있다는 말이다. 하여튼 무엇이 답이든 간에 선배의 카카오톡 프로필 사진은 지리산 천왕봉에서 누군가가 찍어준 일출과의 투샷으로 도배되어 있다.

그런데 사실 이 내막은 중요한 게 아니었다. 중요한 건 선배가 가진 '방향성'이었다. 기관사로 일하며 남는 시간에 운동을 했던 선배. 기관사로 일한 세월이 운동인으로서의 역사가 되어버렸다.

내가 알기로 선배는 예전에 당뇨로 인해 몸이 좋지 않았다. 그랬던 선배가 아침을 먹고 여유롭게 집에서 나와 회사까지 걸어서 출근하기 시작했고, 간헐적 단식을 위해 점심은 먹지 않고 점심시간을 한 시간의 운동시간으로 만들었다. 그 결과 환갑이 다 되어가는 그는 건강을 회복했을 뿐만 아니라 거울 보는 시간을 행복하게 만들어줄 정도의 자기애와 그를 뒷받침하는 몸과 동안을 스스로 빚어냈다. 그 좋아하는 지리산에 갔다가 우연히 시간과 세월을 관장하는 신을 만나 뒷돈이라도 찔러준 건지, 응당 환갑의 나이라면 감당해야만 하는 세월을 혼자만 비껴간 듯 보였다. 그는 모르는 사람이 보았을 때 40대 후반쯤으로 여길 만큼 동안이었고, 또한 실제로 운동 웬만큼 하는 20~30대의 몸을 가졌다. 근무복 위로 드러나는 빵빵한 어깨와 가슴. 과하지 않고 적당한 역삼각형의 몸태. 또한 근무복 아래에는 복근이 장착되어 있다. 그는 내가 아는 가장 강력한 예순 살이다. 선배에게는 항상 미소와 여유가 감돌았는데, 그 출처 또한 아마도 운동에서 비롯된 자애심일 것이다.

다른 선배들은 어떨까? 많은 선배들이 있었다. 열심히 노력해 수많은 동료 기관사들로부터 감사를 받는 선배도 있었고, 어떠한 상황에서도 불평만을 해대면서 늘 본인이 일으킨 문제들 속에서 살아가기 바쁜 선배도 있었고, 공짜라면 사족을 쓰지 못해 모두의 눈살을 찌푸리게 하는 선배도 있었다. 이외에도 탁구 2부 리그 선수까지 진출해버린 탁구왕 선배, 수십 가지의 자격증을 보유한 자격증 헌터 선배, 남는 시간을 TV 앞에서만 보내다 인간 TV편성표가 되어버린 선배 등 정말 다양한 선배들이 존재했다.

사람에게 중요한 건 지금 어떤 좌표에 놓여 있는가보다 어떤 방향성을 가지는지가 아닐까. 어디를 바라보고 나아갈지, 그래서 어떤 시간을 보내게 될지, 마침내는 그 시간이 모여 한 시절을 완성해내기 때문이다.

선배는 운동이라는 방향성을 가지고 시간을 보냈고, 그 시간들이 쌓여 세월이 되었고, 거울 앞에서 멋진 자신을 사랑할 수 있는 지금의 그가 되었다. 세월이 선배를 비껴간 것이 아니라, 선배가 보낸 세월이 지금의 선배를 정의했을 뿐이었다.

선배는 거울 속에서 멋진 자신과 자애심을 찾았지만, 내가 보앞을 때 선배가 거울 속에서 보았던 것은 선배가 가진 방향성일 뿐이었다. 거울 앞의 그는 내가 그의 후배라는 사실이 기분좋게 해주는 선배였다.

곧 퇴직하시는 선배님의 시간에, 낭만과 여유 그리고 미소가 함께하기를 진심으로 바랍니다.

열차 운전실에서 싸우는 소리가 들려왔다

"OJTOn-the-Job Training: 기업 내 교육 훈련방법의 하나로 직원은 실제 직무에 종사하면서 교육을 받는다."

우리 기관사들의 실무 교육은 OJT교육으로 진행된다. 신입에 게 교도기관사(지도기관사)를 붙여주고, 신입은 견습기관사로서 교도기관사의 근무를 따라다니며 배운다. 마치 야생에서 새끼 동물들이 부모를 따라다니며 생존에 필요한 기술을 배우는 것과 같다. 신입기관사들도 실제적이고 실전적인 교육을 받을 수 있어서 여러모로 장점이 많다.

그러나 이 좋은 OJT교육에도 단점은 존재한다. 개인과 개인 간의 교육이므로 교육에 일관성이 없다는 것. 어떤 교도기관사와 함께하는지에 따라 교육의 질과 방향성이 달라진다. 좋은 교도기관사에게 배우는 신입은 좋은 기관사가 되겠지만, 조금 곤란한 교도기관사에게 배우는 신입은 마찬가지로 조금 곤란해질 가능성이 있다. 또하나의 단점이라 한다면, 신입인 내가 어떤 실수를 저지르면 대체 교도기관사가 누구냐는 꼰대 같은 지적이 꼬리표처럼 따라붙는다는 것이다.

결과적으로 교도기관사와 견습기관사는 떼려야 뗄 수 없는 각별한 사이가 된다. 단순한 스승과 제자 그 이상의 무언가가 둘 사이에 자리한다. 그 특별함에서 비롯되는 것들을 통해 대부분은 좋은 관계를 만들어내지만, 누군가는 사이가 틀어지고 척을 지기도 한다. 부모자식 사이도 틀어지는데 우리라고 별수 있겠나. 대체 그 사이에 무엇이 존재하며 어떤 특별함이 자리하는지에 대해 알아보기 위해, 나의 견습기관사 시절로 가보자.

그 시절에 대해 얘기하려면 우선 나를 교육시킨 교도기관사 선배를 설명해야만 한다. 마치 부모를 빼고는 나를 완벽히 정의할 수 없듯, 그를 빼고는 내 기관사로서의 시작을 정의할 수가 없다.

선배는 대단히 능력 있는 사람이었다. 업무적으로도 인정받는 사람이었고, 개인적인 삶에서도 본인만의 의미를 찾아가는 사람이었다. 이런 좋은 교도기관사를 만난 것은 대단한 행운이었다. 그런 선배가 내게 해줬던 교육은 대단히 효과적이었는데, 선배의 말들 중 가장 기억에 남는 말을 꼽아보자면 단연코 "도훈이는 고장을 몰고 다닌다!"였다.

멀쩡하던 열차들이 내가 몰기만 하면 기다렸다는 듯이 고장났다. 선배의 말에 따르면 이 고장이라는 것은 특정인에게만 몰리는 경향이 있는데, 내가 그런 저주받은 기관사의 부류에 속한다는 것. 선배가 운전대를 잡고 있을 때는 멀쩡하던 열차가 내가 운전대를 잡기만 하면 마치 짠 듯이 잠시 뒤에 고장알림이 울렸고, 그때마다 선배는 웃으며 저 말을 했다. 사실 이때 나는 선배를 의심했다. '일부러 나를 강하게 키우기 위해 선배가 열차를 고장나게 만드는 건 아닌가?' 그러나 선배가 내게 붙여준 '고장을 몰고 다니는 기관사'라는 호칭은 예방접종이 되었고, 나를 비상상황에 강한 기관사로 만들고 있었다.

선배와의 교육기간이 끝나고 정식 기관사로서 근무하게 된 긴장되는 첫날, 회사를 통틀어서 몇 년에 한 번 날까 말까 한 큰 고장이 내게 들이닥쳤다. '○○ 에러' '비상제동 체결' 'xxxx 고장' 등등 총 일곱 가지 고장에 대한 알람이 밑 빠진 독의 물줄기처럼 뿜어져나왔다. 정신을 놓기 직전에 선배의 얼굴과 선배가 늘 반복하던 저 예방접종 같은 말이 머릿속을 스쳤고, 그 덕에 마음을 다잡고 상황에 대응할 수 있었다. 야생의 새끼 맹수처럼 모진 교육을 받고 척박한 환경에서도 살아남은 기관사라 하겠다.

교육기간 동안 견습기관사와 교도기관사가 항상 같이 다니진 못한다. 여러 근무들 중 확실히 교육받아야 하는 필수 근무들을 다 경험하기 위해서 혹은 교도기관사의 휴가 등의 사정으로 인해, 가끔씩 (사실 자주) 견습기관사들은 일일 교도기관사(우리는 줄여서 '일일교도'라고 부른다)와 함께하게 된다.

나 역시 다양한 일일교도 선배들을 만났다. 그들 모두가 제각각이었기에 다양한 관점의 교육을 받을 수 있었다. 어떤 선배에게는 야간사업에 대한 전반적인 부분에 대해, 또 어떤 선배에게는 수동운전에 대한 본인만의 노하우에 대해, 또다른 선배에게는 회사 주변 돈가스 맛집들의 계보와 정세에 대해 중점적으로 배웠다.

선배들의 입장에서 보자면 일일견습이라는 귀찮은 존재를 아무런 보상도 없이 떠맡게 된 것이었지만, 그럼에도 선배들은 단지 선배라는 이유만으로 나를 진심 어린 태도로 이끌어주었다. 지하철 운행에 대한 본인만의 노하우와 팁, 기관사로 생활하며 어떤 것을 조심해야 사고를 피할 수 있는지, 수면 관리를 어떻게 하는지부터 기관사로서 우리가 찾아야 하는 의미에 이르기까지. 지금도 기관사로서의 어떤 노하우를 떠올릴 때면 그것을 알려준 교도 선배가 함께 떠오른다. 이처럼 일일교도로 만났던 선배들과의 사이에도 특별한 유대가 자리한다. 햇병아리 기관사 시절 그들에게 배웠던 열차와 삶을 대하는 태도와 대응들을 나는 아직 잊지 않았고, 그것들이 모여 지금의 나라는 기관사를 이루었다.

이 특별한 교도기관사와 견습기관사의 관계에서, 나는 영원히 견습기관사일 듯만 싶었는데, 이내 나 역시 일일교도 기관사가 되는 날이 찾아왔다. 견습 때와는 또다른 떨림이 있었다. 물론 견습 때만큼 떨리진 않았지만, 첫 교도라는 타이틀이 가져다주는 묘한 떨림이 있었다.

대부분의 기관사들이 일일교도가 되어 일일견습을 교육시키는 것을 선호하지 않는다. 알려줄 것도 많거니와 일일견습이 실수하면 일일교도 본인이 그 책임을 떠안아야 하기에, 평소보다 신경을 몇 배나 써야 했다. 그런 이유로 대부분이 일일교도를 선호하지 않았지만 초보 일일교도인 나는 그런 사치스러운 생각이 들 겨를이 없었다. 오히려 좀 설레었달까. 영원히 견습기관사일 줄만 알았던 내가 이제는 교도기관사로서 누군가에게 선배들로부터 물려받은 노하우를 알려주게 되었다는 사실이.

우선 나는 다음과 같은 '지도기관사 준수사항'을 숙지해야 했다.

<지도기관사 준수사항>

—정지 위치 수정 등으로 열차 지연 시에는 수시로 견습기관사 교육열차임을 안내방송할 것.

—견습기관사 수동운전 시 출발역에서 관제 통보.

—출퇴근 시간대 열차 지연 시 지도기관사 운전으로 열차 지연 및 민원 예방. 07:30~09:30, 17:30~19:30

—시발역 열차 운전시각표 확인 철저.

—사소한 고장 등 이례사항 발생 시 관제 보고 철저.

　나는 일일교도를 하며 이 준수사항들을 처음 보았다. 그동안
은 볼 일이 없었는데, 이제는 내가 교도기관사의 위치에 섰기 때
문에 보게 된 것이었다. 새삼스러웠다. 흡사 나는 신규자와 같았
다. 그날 내 첫 일일견습인 U는 나를 대단한 선배로 생각하고 나
의 존재를 통해 안심했겠지만, 실상은 초보교도와 초보견습이
함께 살얼음판 위를 걷는 형국이었다.

　떨리던 첫 일일교도가 끝나고, 두번째 일일교도가 되고, 세번
째 네번째 일일교도를 겪으며, 내가 가지고 있던 약간의 떨림은
사라져갔고 대신에 거기에는 다른 것이 자리하게 되었다.

　수동운전이 어려워 쩔쩔매며 내 눈치를 보던 J, 자동차를 좋
아해서 쉬는 시간 내내 함께 자동차 이야기를 했던 C, 고등학교
후배라는 사실을 알게 되어 학창 시절 이야기를 꽃피웠던 S, 둥
글둥글 성격이 좋아 내가 많은 것을 알려주게 만들었던 L, 본인
만의 철학으로 기관사로서의 날 일깨워주었던 T.

　똑같은 인간인 내 말을, 단지 선배이며 교도기관사라는 이유
만으로 눈을 반짝이며 듣는 신규자들을 마주하며 어딘가 기시
감 있는 책임감이 싹터올랐다. 사라진 떨림 대신 그곳에는 묵직
한 책임감이 자리잡았다. 바로 선배들이 알려준 것을 다음 세대
에 잘 전해야 한다는 작은 사명감이었다.

그러나 세상만사 마냥 아름답지만은 않다. 교도기관사와의 관계에 대한 아름다운 장면들을 회고했으니 지금부터는 이 OJT 교육의 부정적인 부분, 그 폐해에 대해 얘기해보겠다. 조금 곤란한 교도기관사를 만나서 기관사의 실무적이고 업무적인 부분은 다 제쳐두고 오로지 정신교육만을 혹독하게 받은, 그래서 교육받는 동안 실제로 이직까지 생각했던 살아남은 기관사 K의 피해 기록에 대해.

OJT교육이 시작되기 일주일 전, K는 본인의 교도기관사가 D 라는 사실을 알게 되었다. 누군지 몰랐기에 걱정되면서도 설렜다. 그런데 마주치는 선배들이 교도기관사가 누구냐고 물었을 때 D라고 답하면, 열에 아홉은 힘내라며 위로를 했다. 누군지도 모르는 존재로 인해 선_先위로를 받은 K의 불안은 날로 커져갔다.

OJT교육이 시작되는 첫 근무날, 다행히 D 선배가 아닌 다른 일일교도 선배에게 하루 동안 교육을 받게 되었다. 아직 수동운전이 미숙한 K에게 선배는 수동운전에 대한 본인의 방법과 팁들을 중점적으로 알려줬다. 첫 근무가 무사히 끝나고 다음날 드디어 D 선배와 만났다. 인사를 하고 약간의 호구조사를 거쳤다. 걱정되는 두번째 근무가 시작되었다. 운전실에 함께 승차했고 K는 수동운전을 시작했다. 한 정거장을 채 가기도 전에 D 선배가 포문을 열었다. 대체 누구한테 수동운전을 배웠냐고. 전날 일일교도였던 선배에게 수동운전 팁들을 배웠다고 하자 대놓고 마음에 들어하지 않았다. 그때부터 D 선배는 마치 K의 수동운전을 본인의 입맛대로 다 뜯어고치겠다는 듯이 이것저것 요구하기 시작했다. 하지만 K는 기차 수동운전이 익숙지 않았기에 그 주문을 다 이행하지 못했다. 가르침이 점점 정신교육으로 바뀌어갔다. 점점 감정이 섞여가는 정신교육을 받으며 이건 너무 심한 것 같다는 생각이 들었지만, 한참 선배이며 본인의 교도기관사인 D에게 K는 죄송하다는 말밖에는 할 수가 없었다. 그렇게 차에서 내리기까지 장장 두 시간 반 동안 K는 정신교육을 받았다. 근무가 끝난 후 쉬는 시간에 사무실에 들어가자 팀장님이 D 선배와 K를 불렀다. 승객이 운전실에서 싸운다는 민원을 넣었다고, 대체 뭐하는 거냐고, 교육하는 거라면 살살 좀 하라고 했다. 그때 K는 다행이라고 생각했다. 이걸 누군가 들어서 다행이라고. 나 혼자만 겪고 아무도 모르게 묻히는 게 아니라 이걸 다른 사람들이 알게 되어서 정말 다행이라고.

　이외에도 K는 다양한 정신교육을 받았다. 식사시간에 본인과 밥을 먹지 않고 다른 테이블에서 동기들과 밥을 먹었다는 이유로 하루종일 혼나기도 했고, 그걸 보다 못한 Y 팀장님이 K를 따로 옥상으로 불러 위로해주기도 했다. 기관사들이 다니는 통로에서 혼나고 혼내고 있는 K와 D 곁으로 다른 동기와 그 동기의 교도기관사가 커피를 한 잔씩 들고 웃으며 걸어가는 모습을 보고, K는 슬픔을 넘어선 인생무상을 느끼기도 했다. 또한 D는 교육기간 중 신입에게 보장된 휴가에 대해 배울 게 천지인데 무슨 휴가를 쓰냐며 쓰지 말라는 뉘앙스의 말들을 하기도 했고, K와 동기들의 술자리에 끼어서 한참을 마시고는 까마득한 후배인 K에게 계산하라는 어록을 남기기도 했다. 그에게 신세 지기 싫었던 K는 토씨 하나 달지 않고 그 말대로 본인이 계산했고, D는 "아, 진짜 니가 계산했나?"라는 말로 상황을 종결시켰다.

그렇게 K는 누구보다 힘든 견습기관사 시절을 겪었다. 보통 부산지하철의 기관사가 되면 회사와 직업에 대한 자부심 같은 것들이 신입 때는 넘치기 마련인데, K는 그즈음 진지하게 이직을 고민했다. 오죽 시달렸으면 힘들게 취업하자마자 그런 마음을 먹었을까. 견습이 끝나고 그런 마음이 차차 괜찮아졌고, 후에 다른 선배들이 D의 견습이 되면 원래 그 절차를 밟게 된다는 말을 해줬다 한다. 그래, 그는 전설적인 인물이었다. 심지어 본인의 견습이 아님에도 신입기관사만 보면 어떻게든 마수를 뻗치고야 마는, 바로 '신입 살인마 D'.

이렇듯 기관사의 OJT교육은 개인과 개인 간에 이루어진다는 점에서 비롯되는 장점과 단점을 모두 가지고 있다. K의 견습 시절처럼 단점이 부각되는 경우도 종종 있지만, 대부분의 경우 끈끈한 유대 관계로 엮인 선생님과 제자 사이가 된다.

'선생님'이란 말에는 '먼저 선先' '날 생生' 자를 쓴다. 해석해보자면 먼저 세대의 것을 다음 세대에 전해주는 사람. 모든 교도기관사들은 예외 없이 견습기관사 시절을 거쳤으며, 모든 견습

기관사들은 언젠가는 교도기관사가 될 것이다. 영원히 제자이며 견습기관사일 듯만 싶었던 나 역시 어느덧 교도기관사라는 조금 특별한 선생님이 되어 있었다.

선생님이란 존재는 학교에만 존재하는 것이 아니었다. 세상 어디에나 선생님은 있었고 제자도 있었다. 내가 어디에서 어떻게 임하느냐에 따라 선생님이 될 수도 제자가 될 수도 있는 것이었다. 나의 세상과 삶 속에서 나는 선생님이기도 했으며 제자이기도 했다.

다만 K를 괴롭혔던 D 같은 선생님이 되지는 말아야겠다. 그건 선생님이 아니었으니까.

살아남은 기관사

매일 똑같은 열차를 모는 엇비슷한 사람들 같지만 기관사 사회에도 다양한 인간형이 존재한다.

들쭉날쭉한 근무시간 틈틈이 책갈피처럼 책장을 끼우기에 열심인 책 읽는 기관사, 자판기 커피 VIP 고객으로서 해당 기관사 커뮤니티의 핫한 소식들부터 세부적인 소식들까지 줄줄이 꿰고 있는 생생정보통 기관사, 쇳덩이를 들다 못해 기관사로 일한 세월마저 들어올려버린 중증 헬스 중독자 기관사, 주변 돈가스 집들의 계보와 정세를 흥미롭게 관찰하며 각 돈가스집들의 맛과 특성을 정확히 파악하고 있는 돈가스 러버 기관사, 활어를 핑계로 세월을 낚는 강태공 기관사, 봉사활동에 열심인 슈바이처 기관사, 여유 시간을 독서실에 차곡차곡 적립해서 수십 개의 자격증으로 환급받은 자격증 수집왕 기관사, 탁구 2부 리그 선수 기관사, 클라이머 기관사, 숫돌이 기관사, 푸근하게 배 나온 기관사까지.

똑같은 업무를 똑같은 매뉴얼대로 처리해야 하기에 일할 때는 무채색의 기관사가 되지만, 그렇다고 각자의 색깔이 사라지는 건 아니었다. 기관사는 오차 없는 완벽함을 강요받는 열차 운전실에서 나왔을 때, 비로소 본인만의 색과 빛을 띠는 존재였다.

그래서 특정 키워드를 말했을 때 입에 오르내리는 전설 같은 기관사들이 존재하는데, 가령 '자격증'이라면 "아, 그 자격증 수십 개 가지고 있고 여전히 공부중인 기관사?"라는 말이 돌아오고, '돈가스' 부문에서는 "아, 회사 주변에서 돈가스를 먹을 거라면 ○○○ 기관사에게 물어봐. 그럼 넌 만족스러운 돈가스를 마주하게 될 거야"라는 조언을 들을 수 있었으며, 혹은 헬스가 물망에 올랐을 땐 "아, 네가 쇠질에 대해 관심이 있다면 그에게 말해봐. 그는 풍기문란한 팔뚝과 우람한 근육들로 우리를 건강하게 만들고 싶어하니까" 같은 답변이 회자되었다.

마찬가지로 내게도 그런 키워드가 존재했다. '복싱' '주짓수' '크로스핏' '운동' '강함' 등이 내 이름이 소환되는 키워드였다. 나는 복싱과 주짓수를 오래 수련했고, 시합에 나가 대단하진 않더라도 내 노력에 대한 증명을 해왔다. 이외에도 쉬는 시간이나 여가시간에 항상 운동을 빼먹지 않았고, 해군 특수부대 UDT/SEAL에서 팀원으로 있었던 내 이력도 키워드를 완성하는 데 한 못했다.

동료들이 보기에 나는 강한 사람이었는데, 그게 내 삶에서는 '성공'이었다. 왜냐면 나는 '강함'이라는 가치에 목마른 사람이었으니까.

나는 어릴 때 왕따였고 집단구타를 당한 적도 있었다. 소화기관이 여물지 못했던 어린 시절 학교에서 우유를 먹고 토했는데, 그때는 그게 왕따가 되기에 충분한 계기였다. 물론 토한다고 무조건 왕따가 되는 건 아니다. 그런 건 그저 계기에 불과하다. 내가 왕따가 되려면 그 적당한 계기를 이용해서 나를 왕따로 만들고 폭력을 행해줄 아이들이 있어야 하는데, 그때 우리 반에 그런 아이들이 있었을 뿐이다.

왕따당했던 초등학생 시절을 지나, 중고등학생이 되고, 성인이 되어 대학 시절을 거치며 내 안에는 '강함'에 대한 갈증이 자리잡기 시작했다.

그러다 어느 날 알게 된 해군 특수부대 UDT/SEAL. 그곳에 가면 강한 게 무엇인지 알 수 있지 않을까 싶었다. UDT 대원 선별을 위한 악명 높은 초급반 교육을 받으며 숱한 난관들에 부딪혔다. 그때마다 나를 다잡아주었던 말은 "강한 놈이 살아남는 것이 아니라 살아남는 놈이 강한 것이다"였다.

기본적으로 해군 특수부대에 오는 사람들은 운동인들이다. 스포츠 선수, 엘리트 체육인, 국가대표 상비군, 체대생 등 발에

치이는 게 체육인들이었다. 하지만 나는 그 흔한 체육인의 범주에 속하지 못했고, 그곳에 어울리지 않는 사람이었다.

동기 중에 대단한 체육 명문대학교에 다니던 P라는 녀석이 있었다. UDT 교육을 받는 동안 맹세코 나는 단 한 번도 포기한 적이 없었지만, 나 같은 놈은 이곳에 어울리지 않는다고 생각하는 P의 눈에는 내가 못마땅해 보였다. 입장을 바꾸어보았을 때, 내가 체육인으로서 자부심이 대단한 P의 입장이었다면 나 역시 어울리지 않는 존재가 싫지 않았을까 싶다. 그래서 나를 향한 P의 공격적인 행동과 언사들을 머리로는 이해했다.

그런데 혹독한 UDT 교육에 나가떨어져 한창 퇴교자가 생겨날 때쯤 갑자기 P가 돌변했다. P가 나에게 건네는 따뜻한 말과 행동 틈에서 나와 친해지고 싶다는 마음이 분명하게 느껴졌다.

나중에 정식 UDT 대원이 되고 P와 같은 곳에 파견되어 근무하게 되었을 때, 술 한잔하며 P가 말했다. UDT 교육을 받던 중 정비시간을 가지고 있었는데 그때 너무 힘들다는 생각이 들었다고 한다. '이게 뭐하는 거지? 왜 이 힘든 걸 하고 있지? 퇴교할까?' 고민하고 있는데, 앞에 그토록 무시하던 내가 다른 동기들과 웃으며(P의 말을 그대로 빌리자면 '빠개며') 지나가는 걸 보면서 생각했다고 한다.

'아니…… 나도 이렇게 힘든데…… 저 새끼 생각보다 강한 놈일지도 모르겠는데?'

그렇게 나는 살아남기 위해 최선을 다했고, 그게 진짜 강한 것이라는 사실을 알게 되었다.

나는 강한 사람이었고, P는 그런 나를 인정했고 우린 친구가
되었다. 그런데 P가 나를 다시 보게 만든 내 모습은 과연 어떤
면이었을까? 살아남기 위해 아등바등 노력하는 모습이었을까?
혹은 어떤 것에도 굴하지 않고 꿋꿋이 버텨내는 모습이었을까?

아니다. P는 내 미소와 거기서 묻어나는 여유를 보고 나를 다
시 본 것이다. 아이러니였다. 강해지기 위해 몸부림치던 내 필사
적이고 간절한 모습이 아닌, 겨우 내 미소를 보고 나를 다시 봤
다는 사실이. 이럴 줄 알았으면 강함이고 나발이고 진작부터 미
친듯이 웃고나 다닐 걸 그랬다.

사실 우리가 눈치채기는 어렵지만 삶에는 이런 아이러니가 심
심치 않게 일어난다. 어릴 때부터 일관되게 강함을 동경하여 비
로소 강해진 내가 외람되게도 강함만이 전부가 아님을 깨닫게
되었다거나, 본인의 몸을 타인보다 예쁘게 만들고 싶었던 중증
헬스 중독자 기관사가 이제는 다른 기관사들을 더 건강하게 만
들어주고 싶어한다거나, 식사시간마다 맛있는 돈가스만을 찾아
헤매던 돈가스 러버 기관사에게 이제 돈가스는 동료들과 소통하
는 그만의 특별한 방법이 되었다거나, 수십 개의 자격증을 수집
하려던 기관사가 본인이 추구해온 것은 수십 개의 자격증이 아
닌 자격증을 따내는 그 과정들이었다는 것을 깨닫는 식으로 말
이다.

예상치 못했던 깨달음, 이것이 삶의 숨겨진 묘미가 아닐까.

동료들이 바라보기에 강한 기관사였던 내가 그동안 악착같이 '강함'을 추구해오다 알게 된 사실은, 강함만이 전부가 아니며 때로 강함보다 부드러움(미소)이 힘을 가질 때가 있다는 것이다. 나는 요즘 '강한 기관사'보다는 '늘 미소 짓는 기관사'를 지향하는 중이다.

승객 여러분들도 다음에 지하철을 타면, 열차가 어두운 터널 속을 지나고 창밖엔 온통 어둠만이 드리워 깊은 생각이 허락될 때, 한 번쯤 떠올려봤으면 한다. 당신 삶에 숨어 있던 뜻밖의 깨달음에 대해. 힌트를 주자면 삶의 묘미라 할 만한 그 깨달음은 아마 당신의 노력과 성과 그 뒤편에 수줍게 숨어 있을 것이다.

기관사 기량경진대회와 후라이드 치킨

　교육 교육 교육!!!

　교육이 너무 많다. 철도안전교육, 실무수습교육, 분기교육, 산업안전교육, 월교육, 성인지교육, 보수교육, 4대폭력 예방교육, 청렴교육, 철도직무교육 등등…… 빌어먹을 교육이 많아도 너무 많다는 말이다. 이렇게 빡세게 교육시키다 교육 알레르기나 교육 트라우마처럼 대단히 심각한 정신적 부상으로 인한 환자가 나와봐야 교육을 강요하고 강제하는 국가와 법률기관에서 정신을 차릴 텐데. 대체 기관사들이 어떤 교육을 얼마나 받는지 궁금할 테니 우선 그에 대해 설명해보겠다. 이제부터 설명할 기관사의 모든 교육 및 관리에 대한 내용은 '철도안전법' 등의 법령에 모두 명시(혹은 강제)되어 있는 것임을 참고하기 바란다.

우선 기관사들은 철도운영기관에 입사하면 '신규자 교육'을 받는다. 석 달 동안 신입기관사가 되기 위해 이론교육, 본선숙달 훈련, 기능교육을 받는다. 철도기관의 전 직렬 직원들에 대한 신입사원 전체교육을 제외하고 추가로 12주간 진행되는 훈련이다. 누구든 예외는 없다. 12주간의 햇병아리 훈련병 시절을 반드시 거쳐야만 한다. 군대에서 훈련소에 들어갔다 오면 민간인이 군인으로 탈바꿈하듯이, 기차면허를 가진 일반인이 기관사로 탈바꿈되는 순간이다. 타 철도운영기관에서 기관사로 근무한 경험이 있는 신규자라도 특별히 사정을 봐주지는 않는다. 딱 2주 빼준다. 2주 빠진 10주, 교육에 빡빡한 이 바닥에서는 그게 경력자에 대한 최소한의 배려다.

다음으로는 기관사로 근무하며 가장 집요하면서도 자주 받게 되는 '직장교육'이다. 직장교육은 '철도안전교육'과 '산업안전교육'으로 이루어져 있다. 매월 두 시간 혹은 분기마다 여섯 시간 시행되는 교육(기준이 그렇다는 것이고 실제로는 더 이루어진다……)이다. 복싱에는 '왼손을 지배하는 자가 세계를 제패한다'라는 명언이 존재하는데, 여기서 '왼손'이란 복싱을 할 때 앞으로 내뻗은 왼손을 이용한 빠른 타격의 종류인 '잽'을 말한다. 이 잽을 적극적으로 사용해 상대방을 가장 빠르게 공격하고, 상대방과 거리 조절을 해가며 상대의 흐름을 끊어내는 등 주도권을 잡아 나간다. 이 잽이 없다면 상대에게 강력한 데미지를 입힐 수 있는 오른손(뒷손)은 등장할 타이밍조차 잡기 힘들어진다. 잽으로 시작해서 잽으로 끝난다고 해도 과언이 아닐 정도로, 복싱이라는 스포츠에서 잽의 중요성은 대단하다. 기관사들의 직장교육은 마치 이 앞손 '잽'처럼 기관사들을 지속적이고 집요하게 타격하고, 거기서 얻은 주도권을 바탕으로 중요한 정보들을 기관사의 머리통에 꽂아넣는 것이다. 한마디로 KO교육이라 하겠다. 이 교육의 효과는 대단하다. 머리에 꽂힌 정보들이 나도 모르게 내 것이 되어 있었다는 것을, 후에 자각하게 된다.

그리고 '철도직무교육'이 있다. 5년마다 35시간씩을 충족해야 한다. 35시간을 채우기 위해 총 5일 동안 교육이 이루어진다. 원래는 회사 교육원에서 3일간 전체적으로 자세한 교육을 하고 남은 2일만 해당 소속 승무사업소에서 실제적인 훈련을 하는 형태였으나, 지금은 4일간 회사 교육원에서 전체 교육을 하고 남은 하루만 해당 소속 승무사업소에서 훈련하는 것으로 바뀌었다. 교육원에서 3일간 하는 전체 교육이 부족하다는 생각을 기관사들 스스로 했고, 회사에서도 받아들여 지금처럼 바뀌었다. 이심전심이었다. 기관사들의 교육에 대해 회사에서도, 기관사들 스스로도 진심이었다. 기관사들도 회사도 교육이 유사시에 기관사를 살리는 최후의 보루라고 여기고 있다. 교육에 대한 그런 화합된 마음이 이 업계의 교육을 이토록 빡빡하게 만들었을 것이다.

휴직이나 병가 등으로 회사를 쉬다가 복귀하거나, 기관사가 아닌 다른 업무를 한동안 보다가 기관사로 돌아오면 '장기유고자교육'을 받아야 한다. '장기유고자 실무수습'이라고도 하는 이 교육은 여러 이유로 기관사 업무의 공백이 있었던 자격자가 다시 열차 운전실에 들어갈 때 부족함이 없도록 교육하는 데 그 목적이 있다. 얼마나 기관사 업무를 떠나 있었는지에 따라 받아야 하는 교육일수가 차등 적용된다. 한 달에서 세 달은 1일, 세 달에서 반년은 2일, 반년에서 1년은 3일, 1년 이상은 5일이다. 이미 기관사 면허가 있으며 신규자 교육 등 다양한 실무수습교육을 받았고 수십 년간 근무해온 경험 많은 기관사일지라도, 공백이 있었다면 예외 없이 받아야 한다. 공백으로 인해 혹여나 생길지 모를 안전에 관한 문제를 미연에 방지하기 위함이다.

'전입자 실무수습'도 있다. 호선 간 전출입자들, 그러니까 호선을 옮겨온 전입자들에 대해 우리 호선에 대한 실무수습을 해야 한다. 인사발령이 나는 즉시 전입자교육이 시작된다. 60시간의 교육시간을 이수해야 하고, 우리 호선에 대해 구간인증 자격이 있는 사람은 앞서 말했던 '장기유고자교육'으로 갈음할 수 있다. 그래봤자 3일 까주는 거다. 쩨쩨하기는.

기관사들만 받는 이런 교육 이외에도 모든 지하철 직원이 받아야 하는 다양한 교육들도 있다. 4대폭력 교육, 청렴도 교육, 반부패방지법 교육, 장애인 인식 개선 교육, 각종 보안교육 등이다.

이 모든 교육 중에서 내가 개인적으로 가장 중요하다 생각하는 교육은 '사고사례 교육'이다. 유관기관이나 우리 회사에서 사고나 문제가 일어나면 그에 대해 교육하는 것이다. 마치 학생들이 시험을 보고 오답노트를 만들어 같은 문제를 틀리지 않도록 노력하듯이, 우리도 같은 걸 틀리고 같은 잘못을 되풀이하지 않도록 우리끼리 오답노트를 만들고 스터디하는 개념이다. 그러다 보니 이 교육은 수시로 이루어진다. 업계의 안 좋은 소식이 전해지면 그때그때 교육팀에서 자료를 만들어 바로 교육을 실시한다.

이상이 법에 정해진 기관사들의 의무교육이다.

이처럼 기관사들에 대한 교육이 숨쉴 틈도 없이 매일매일 이루어지다보니 기관사들이 속한 승무사업소에는 아예 '교육팀'이라는 부서가 존재하고 '교육팀장'과 '교육부팀장'이라는 직책이 따로 있다.

교육팀은 기관사들의 '기량경진대회'도 개최한다. 기량경진대회란 모든 호선에서 대표 기관사를 뽑아 1년에 한 번씩 철도차량 기관사로서의 기량을 겨루는 대회이다. 종목은 정해진 위치에 얼마나 정확히 열차를 정차시키는지를 다투는 '정위치 정차', 고장이나 비상상황이 벌어졌을 때 얼마나 잘 조치하는지를 다투는 '고장 및 비상시 조치'가 있다. 개최지도 매년 바뀐다. 이번에 우리 2호선에서 개최했으니 내년에는 1호선, 그 다음해에는 3호선에서 개최되는 식이다. 대회를 치르고 '최우수'와 '우수'를 뽑아 시상한다. 기량경진대회장에 방문하면 기관사들 중 선정된 대회 장내 아나운서가 상황을 중계하고, 각 호선 대표 기관사가 좋은 퍼포먼스를 보여주면 해당 호선 기관사들이 환호를 보낸다. 기량경진대회는 철도 기관사들의 체육대회이자 월드컵이다. 교육팀에서 두려워하는 사실이 있다면 이 모든 것이 교육팀의 소관이란 사실이다. 모두가 축제를 즐기지만 교육팀은 예외였다. 안 그래도 바쁜데 기량경진대회까지 주관한다니, 어떻게 축제를 온전히 즐길 수만 있겠는가.

여기까지가 기관사들의 교육이고, 우리의 노력이다. 교육이 이렇게나 많은 이유가 뭘까. 아마 방대한 교육 내용만큼이나 책임이 커서가 아닐까. 기관사로 일하다보면 나에게 지워진 책임이 너무도 크고 많다는 사실에 순간 겁이 나기도 한다. 기관사들은 기본적으로 서로 잘 뭉치고, 기관사들의 승무사업소에는 당구부, 탁구부, 독서회, 봉사회, 낚시부 등등 다양한 동호회들이 활성화되어 있는데, 그것도 같은 고통과 부담을 짊어진 우리끼리 같이 이겨내보자는 감정적 품앗이가 아니었을까. 하지만 이 커다란 책임은 두려움을 우리에게 보내면서 다른 것도 동봉했다.

부산 토박이인 우리 교육팀장님이 교육에 앞서 자주 꺼내는 레퍼토리에 동봉된 그 내용물이 들어 있다.

"이렇게 많은 교육을 받는 이유는, 여러분들이 법적으로 억수로 소중하고 중요한 일을 하기 때문에, 이런 교육들을 받으라꼬 법에서 탁, 정해놓은 겁니다. 중요한 사람이기 때문에 법적으로 이런 교육을 받은 사람만 열차를 운행할 수 있다고요. 그러니까 자부심을 가꼬 일하세요. 아침에 자고 일나서, 거울 앞에 딱 서가, 나는 대단한 사람이다! 이런 생각을 하란 말입니다. 자부심! 후~라이드!"

그렇다, 프라이드가 아닌 후라이드. 난 그걸 찾기로 했다. 귀찮은 교육의 틈에서 말이다.

완벽주의자
기관사들의 루틴

　세상에 완벽한 인간이 있을까? 완벽한 인간은 없지만, 완벽한 기관사는 있어야 한다. 기관사 일이라는 게 필수적으로 완벽을 추구하게 된다. 각을 재고, 정렬하고, 나열하고, 그렇게 본인만의 루틴을 만든다. 매일 다른 출근시간에 대응하기 위해 출근 몇 분 전에 알람을 맞추는지, 밥은 어느 타이밍에 먹을지, 열차 타기 몇 분 전 화장실에 갈지, 열차 운전실에서 일을 시작할 때 수많은 장치와 계기들을 어떤 순서로 확인할지, 냉난방을 언제 어떻게 어떤 기준으로 세팅할지, 다음 기관사에게 열차를 인계할 때 물품들의 배치부터 운전실의 조도까지. 큰 틀은 비슷하지만 세부적으로는 각자 본인만의 방법과 루틴들이 존재한다. 이렇게 만들어진 각자의 루틴과 방법들을 빠짐없이 이행했을 때, 문제나 사고가 생기지 않고 완벽에 가까워지는 것이다.

이는 스포츠 선수들의 루틴과 같다. 스포츠에서 루틴이란, 선수들이 최상의 능력을 발휘하기 위해 행하는 동작이나 절차를 말한다. 루틴 하면 유명한 것이 역사상 최고의 테니스 선수 중 한 명으로 꼽히는 '라파엘 나달'이다. 그의 가장 유명한 루틴은 물병 루틴. 그는 물 한 병과 에너지드링크 한 병을 준비해두고, 벤치에서 쉴 때 반드시 에너지드링크를 마신 뒤 물을 마시며, 에너지드링크 병과 물병은 상표가 코트를 바라보는 방향으로 양발 사이에 대각선으로 배열한다. 그리고 매번 서브를 넣을 때, 발로 라인을 닦고, 라켓으로 왼발 오른발을 털고, 왼손에 쥔 라켓으로 바닥에 공을 튕기는 동안, 오른손으로 엉덩이 쪽 옷과 속옷을 잡아당기고, 양어깨 솔기를 정돈하며, 코 만지고 왼쪽 머리를 왼쪽 귀 뒤로 넘기고, 코 만지고 오른쪽 머리를 오른쪽 귀 뒤로 넘긴 다음에야 비로소 서브를 한다. 이외에도 나달은 경기 사십오 분 전에 찬물로 샤워하고 반드시 오른발로 코트에 들어서며 경기중이 아닐 때는 라인을 밟지 않는 등 총 13개의 루틴을 가지고 있다.

한 인터뷰에서 나달은 자신의 루틴에 대해 다음과 같이 말했다.

"누군가는 나의 루틴에 대해 미신이라고 말하지만, 미신은 아니다. 나는 결과에 상관없이 항상 똑같이 루틴을 행한다. 이 루틴을 통해 나는 경기에 좀더 집중하며 심리적인 이익을 얻는다."

기관사들에게도 '귓불 만지기'라는 요상한 루틴이 존재한다. 신입기관사가 되어 선배들에게 인사하면 선배들이 말한다.

"귓불 잘 만지고 다녀라."

정확한 유래는 알 수 없지만 철도업계에 존재하는 루틴이고 전통이다. 오랫동안 귓불이 마르고 닳도록 만져서 정말로 귓불이 다 닳아버린 선배들에 따르면 귓불을 만지는 행위에 내포된 의미는 '오늘 하루도 이 선로에 뛰어드는 사람이 없도록, 아무 사고 없이 무사히 끝낼 수 있길 바라는 소망인 동시에 다짐이고 집중'이라고 한다.

라파엘 나달은 13가지 루틴을 통해 완벽을 추구하고, 그것이 나달만의 완벽주의가 되었을 것이다. 루틴으로 표상되는 완벽주의를 통해, 나달은 그랜드슬램 22회 우승과 프랑스오픈 최다 우승 기록 보유라는 업적에 더불어 '흙코트의 제왕'이라는 별명을 얻었고, 우리 기관사들은 '귓불 루틴'에서 비롯된 사고 없는 안전한 운행을 통해 "경축! ○○○ 기관사 무사고 ×십만 킬로 달성"이라고 쓰인 현수막을 얻었다. 흙코트의 제왕 라파엘 나달과 지하세계의 귓불 집착자인 기관사는 완벽주의자라는 면에서 닮아 있다.

기관사들에게는 '지적확인환호'라는 문화가 있다. 확인해야 할 부분을 손가락으로 '지적'하고, 그것을 눈으로 '확인'하며, 입으로 확인했다는 말을 하여 '환호'하는 것이다. 언뜻 보면 의미 없어 보이는 행동이지만 효과는 확실하다. 눈으로만 확인할 때

2퍼센트대의 실수 확률이 지적확인환호를 하면 0에 가깝게 줄어든다. 역에 정차했을 때도 지적확인환호는 이루어진다. 열차가 역에 진입하고 감속이 정상적으로 이루어지는 것을 보며 '감속양호', 정위치에 정차했을 때 정위치 표지판을 가리키며 '정차양호', 출입문과 승강장 안전문이 모두 열린 것을 확인하며 '열림', 아무도 끼이지 않고 출입문과 승강장 안전문이 모두 닫힌 것을 확인하며 '닫힘', 승강장에 이상이 없는지 확인하며 '후방양호'를 외친다. 이 절차를 통해 우리끼리 인적 오류라고 칭하는 실수를 상당수 줄일 수 있었다. 매사에 '지적확인환호'가 습관이 된 나머지 회식이 끝나고 집으로 가는 길에 횡단보도를 건너면서도 좌우의 자동차들이 멈추었는지 지적확인을 하는 선배를 보며 나는 깊은 감동을 받기도 했다.

이처럼 지적확인과 다양한 루틴들을 통해 흙코트의 제왕 나달이 말하는 심리적 이익과 집중을 챙기고, 완벽을 추구하며, 문제가 생기면 정확히 캐치해서 확실하게 조치하는 것. 이것이 우리 기관사들의 완벽주의였다.

사실 우리 기관사들뿐만 아니라 대부분의 사람들이 일할 때는 완벽을 기한다. 책임감 있게 일에 임한다. 일은 나뿐만 아니라 세상과 타인에게 중대한 영향을 미치기 때문이다. 하지만 삶을 살다가 어떤 개인적인 문제에 직면했을 때, 사람들은 문제를 근본적으로 해결하기보다 어느 정도 타협점을 찾아 문제를 완화시키는 정도의 선택을 하기 쉽다. 우리 기관사들도 일에서는 철저히 문제를 해결하고 완벽을 기하지만 자신의 삶이나 영혼, 가족, 건강, 사랑 같은 중요한 가치 앞에서는 그렇지 못한 경우가 많았다.

가령 자신의 일은 나이스하게 처리하는 사람이 술에 의존하다가 병을 얻었는데, 술을 끊기보다는 술을 덜 마시겠다는 정도의 느슨한 다짐을 한다든가, 소중한 사람과의 관계에 미세한 금이 간 걸 알았는데, 그걸 알면서도 해결하기보다는 모른 체하고 방치한 채 약간의 포기를 하는 식으로 말이다. 그러고는 이 정도면 되었다고, 이게 나의 최선이라고 어딘가 찜찜하게 마무리해버린다.

건강이나 소중한 사람과의 관계도, 그것이 일의 범주에 속했다면 그러지 않았을 것이다. 사실 말로가 뻔히 보이는 일이었다. 시간이 갈수록 몸은 빠르게 건강과 생명을 잃어갈 것이고, 소중한 사람과의 관계는 끝을 향해갈 것이다. 일에 대해서는 책임감이 넘치는 사람들이 보다 소중히 지켜내야 할 자신만의 가치에 대해서는 책임감이 부족할 때가 있다. 집에서는 직장에서처럼 나를 혼내는 상사가 없어서 그럴지도 모른다. (상사를 데리고 집으로 퇴근하는 것도 방법일 수 있다.)

사실 포기하면 편하다. 직장에서의 일은 포기하면 큰일이 나지만 내 개인적인 부분들은 당장에는 그렇지 않다. 문제가 생겼을 때 내가 조금 참고 포기하면 문제가 일단은 완화된다. 근본적 해결을 위해 소중한 상대방과 힘든 싸움을 한다거나 좋아하던 술을 아예 끊고 지낸다거나 하는 건 너무 품이 많이 드는 일이다. 그냥 내가 조금 포기하면 당장에 편하다. 썩 달갑진 않지만 엄청 불편하진 않다는 소리다.

우리 기관사들은 열차가 멈추면 원인을 찾아서 어떻게든 차가 움직이게 만들어야만 한다. 뒤에 탄 승객 수백 명의 안전과 시간을 책임지고 있기에. 마찬가지로 당신이 삶을 살다가 어떤 개인적인 문제에 직면했을 때, 적당히 포기하지 말고 기관사적 관점에서 문제를 직시하고 해결해보길 바란다. 직장일을 대하듯 책임감을 가지고 내 소중한 가치들을 지켜내야 한다. 까짓 조금 불편하더라도 말이다.

우리가 모는 인생이라는 열차에는 우리에게 종속된 소중한 가치들이 잔뜩 탑승해 있다. 열차 한 대가 멈춰 있다면 해당 구역의 모든 열차들이 줄줄이 멈추게 된다. 막힌 혈관이 목숨을 빼앗듯이 멈춰버린 당신의 열차는 언젠가 당신의 소중한 것들을 앗아갈 것이다. 기관사들이 어떻게든 열차를 끌고 가듯이, 당신의 열차는 꼭 제대로 움직여야만 한다.

3부

안내 말씀 드립니다 모두 손잡이 꽉 잡으세요

: 냉정과 감전 사이, 부산 롤러코스터 2호선

얼간이 기관사 그리고 낭만주의자

우리 기관사들과 특별한 유대를 가진 손님들이 있다. 그들과 우리의 유대는 대단히 두텁다고 자신 있게 말하겠다. 거의 모든 승객들이 기관사의 존재는 신경쓰지 않고 어느 자리에 앉을지를 생각하지만 이들은 다르다. 승강장 제일 앞, 운전실이 멈추는 위치에서 열차가 들어오기 전부터 우리를 기다리고, 열차가 들어서는 순간 아주 반갑게 손을 흔든다. 그들을 마주하면 우리 기관사들도 기다렸다는 듯 웃으며 손을 흔들게 된다.

그들은 바로 애기 손님들.

다음은 생텍쥐페리의 소설 『어린왕자』의 일부분이다.

어른들은 숫자를 좋아한다.

어른들에게 새 친구에 대해 이야기하면, 그들은 가장 중요한 것은 묻지 않는다.

"그 친구 목소리는 어떠니? 어떤 놀이를 제일 좋아해? 나비 채집은 좋아할까?"

이렇게 묻는 법은 결코 없다.

"몇 살이니? 형제는 몇 명이고? 체중은 얼마나 나가? 아버지는 돈을 얼마나 벌지?"

고작 이런 질문들이나 해댄다. 숫자를 통해서만 친구에 대해 알 수 있다고 생각하는 것이다.

"창가에 제라늄 화분이 있고, 지붕에는 비둘기가 있어요. 분홍빛 벽돌로 지은 아주 예쁜 집이죠."

만약 어른들에게 어떤 집을 이렇게 묘사하면 그들은 그 집에 대해 상상도 못 한다.

"10만 프랑짜리 집을 봤어요."

그제야 어른들은 "정말 멋진 집이로구나!" 하고 감탄한다.

어른들이란 다 이렇다. 그래도 어른들을 나쁘게 생각해서는 안 된다. 아이들은 어른들을 항상 너그럽게 대해야 한다. 하지만 인생을 이해하는 우리에게 숫자 따위는 문제가 되지 않는다.

『어린왕자』는 어른을 위한 동화이며, 동심에 대해 말한다고들 한다. 그러나 나에게 『어린왕자』는 '낭만'에 관한 이야기였다.

낭만과 동심은 결이 같으므로 어차피 같은 이야기인지도 모르지만.

기관사로 일하는 중에 애기 손님이 손을 흔들면 그것은 어떤 초대와 같아서 삭막한 지하철 운전실에 낭만적인 것들이 깃들어감을 느낀다. 손 흔드는 애기 손님들에게는 강력한 마법이 숨어 있어서, 그 어떤 무뚝뚝한 기관사들도 해맑게 웃으며 마주 손을 흔들어댄다. (편견 덩어리인 나는 어떤 험상궂은 기관사가 애기 손님을 만나자마자 돌연 소년처럼 해맑게 손을 흔드는 것을 보며 인지부조화에 빠지기도 했다.)

어떤 애기 손님들은 장난기 가득한 눈길로 나를 바라본다. 그러면 갑작스레 '먼저 웃지 않기' 게임이 시작된다. 보통은 내가 지기에, 신사답게 패배를 인정하고 손을 흔드는 것으로 마무리된다.

처음 기관사 근무를 시작했을 때 나는 생텍쥐페리의 말을 빌리자면 숫자밖에 모르는 얼간이 기관사였다. 처음으로 손을 흔드는 애기 손님을 마주하고 바보처럼 얼어버렸다. 내가 일하는 중이라는 고작 그런 하찮은 이유 때문에 말이다. 사실 그건 내가 일을 똑바로 하고 있는지 감시하는 CCTV의 과실도 크다. (가만두지 않겠다, CCTV 놈. 내게서 낭만을 앗아가다니.)

어쨌거나 나는 손을 흔들지 못했고, 그 이상한 죄책감이 한동안 나를 따라다녔다. 죄책감에 휩싸인 나는 다음 기회가 오면 꼭 손을 대차게 흔들어보리라 대단한 각오를 다졌고, 그리고 다음에 마주한 애기 손님에게 미친듯이 손을 흔들어댔다. 어쩌면 기괴했을지 모를 광경에도 그 애기 손님은 관대하게 웃어주었다. 왜냐면 그들은 낭만주의자였으니까.

어른들이 즐비한 '비'낭만으로 표상되는 객실과 우리 사이에는 높은 벽이 있어서, 승객들은 그들의 범상한 일상 속에 우리 애기 손님과 그들의 기관사 친구들의 시간이 숨어 있다는 것을 도무지 알아차릴 수가 없다. 그들은 숫자에 집중하느라 바쁘기 때문이다.

하지만 숫자가 많은 부분을 지배하기는 한다. 생계, 학업, 결혼, 취직 등 숫자를 빼놓고선 얘기할 수 없는 문제들이 즐비하다. 그래, 사실 어른으로서 숫자에 대해 모른 체할 수는 없다. 하지만 그렇다고 낭만에 대해 모른 체해서도 안 된다. 많은 사람들이 낭만은 모른 체하고 숫자만을 위해 살아간다.

생텍쥐페리가 겪었듯이 누구든지 각자의 삶에 어린왕자는 찾아온다. 그때 진부한 숫자 얘기만 하지 말고 당신이 품고 살아온 낭만에 대해 얘기해보라. (진부한 얘기만 해대면 어린왕자는 이내 떠나갈 것이다.) 혼자 간직해오던 어떤 꿈들에 대해 얘기해도 좋을 것이다. 내 손으로 집을 짓고 싶다거나, 직접 볶은 커피콩으로 커피를 내려먹고 싶다거나, 향기로운 다과와 함께 책을 읽는 일상을 갖고 싶다거나, 언젠가 나타날 운명 같은 상대방을 기다린다거나 하는, 누군가에게 말하긴 부끄럽지만 소중히 간직해온 낭만적인 꿈들 말이다. 나는 창문을 때리는 빗줄기 어딘가에 낭

만이 있다고 생각하는 내 믿음에 대해 어린왕자에게 얘기해볼
생각이다.

　낭만 없이 살다가 어느 순간 느닷없이 문이 꽝 닫히고 말 삶.
지하철의 어린왕자, 애기 손님들은 내게 그런 허망한 삶을 살지
말고 그냥 자신을 보고 한껏 웃어보라 말한다. 이제는 낭만에
대한 외면을 끝내야만 한다. 숫자만 추구하다 인생 마지막에 연
말정산이 아닌 생말정산을 하고 갈 게 아니라면 말이다.

철도 역사상 가장 억세게 운좋았던 행운의 기관사 이야기

이것은 '행운의 사나이'라 불리는 어느 운좋은 기관사에 대한 이야기이다. N 선배는 기관사로서 누릴 수 있는 최대의 행운을 무려 세 번이나 겪었다. 지금부터 그 세 번의 행운에 대한 무용담을 재구성해보겠다.

첫번째 행운

어느 날 저녁 선배가 운행하는 지하철이 국제금융센터역으로 진입하고 있었다. 국제금융센터역은 곡선으로 꺾여들어가는 구간이라 역에 진입하기 직전까지 전방 시야 확보가 쉽지 않다. 그 곡선구간을 조심스레 운행하며 역 진입을 시작했는데 선로에 검은 형체가 보였다. 그 검은 형체가 사람인 것을 확인하고 바로 비상제동을 체결하고 기적을 울렸다. 온몸에 힘이 들어갔지만 열차가 멈추길 바라는 것밖에는 이제 할 수 있는 게 없었다. 선배의 간절한 마음이 전해진 것일까. 몇백 톤의 중량을 가진 열차가 끼이익 소리를 내며 힘겹게 멈춰 섰다. 불과 5미터 앞에서.

놀란 가슴을 쓸어내린 선배는 관제에 보고하고 선로에 누운 사람을 살폈다. 취객이었다. 얼큰하게 술을 마시고 선로에서 잠을 자고 있었던 것이다. 선배 혼자서는 술에 취해 몸을 전혀 가누지 못하는 취객을 높이 2미터에 달하는 승강장 위로 올릴 수 없었다. 역무원 둘이 내려왔고 선배까지 총 셋이서 취객을 겨우 승강장으로 올릴 수 있었다.

물론 열차는 한참 지연됐고, 정위치에 멈추지 못한 선배 열차에 타고 있던 승객들은 문 닫힌 지하철에서 한참을 기다려야 했다. 분명 민폐가 맞았지만 정말 다행인 건 부딪히지 않았다는 것. 그전에 멈췄다는 것. 잘못이 있든 없든 사람을 치어 죽게 만들었다면 선배의 삶은 그날을 계기로 바뀌었을 테니까. 국제금융센터역 선로에서 선배를 기다리고 있던 사상사고를 피했다는 것, 이게 선배의 첫번째 행운이었다.

두번째 행운

평일 오후였다. 한적하고 여유로운 시간, 승객들도 붐비지 않앉다. 선배의 여유로운 열차는 냉정역으로 진입하고 있었다. 그런데 살짝 오금이 저려왔다. 승강장에 두 명의 아이들이 신나게 뛰어다니고 있었는데, 의자에 앉은 엄마 둘은 아이들에게 전혀 신경을 쓰지 않고 서로만을 바라보며 수다에 열중하고 있었다. 선배는 어딘가 기분이 쎄했다고 하는데, 선배의 직감은 대단한 것이었다. 달려들어오는 열차가 궁금했던 아이들이 선로 쪽으로 얼굴을 내밀고 달려오는 열차를 바라봤다. 선배의 아랫배가 당겨왔다. 선배가 기적을 울리는데도 엄마들은 이야기에서 빠져나오지 못했다.

그런데 잠시 후 달려들어오는 열차를 바라보는 것만으로는 충분하지 않았던 것인지, 아니면 빵빵 하고 기적을 울리는 지하철이 신기했던 것인지 아이들이 승강장 난간에 걸터앉았다. 선배의 머릿속이 하얘졌다. 즉시 비상제동을 체결하고 기적을 미친 듯이 울렸다. 아이들을 죽게 만들 수는 없었다. 코앞에서 달려오는 열차의 중압감은 대단하다. 더구나 열차의 기적은 들어보지 못한 사람은 상상할 수 없을 정도로 큰 소리를 낸다. 호기심에 장난스럽게 걸터앉았던 아이들이 얼어붙어버렸다. 그제서야 정신을 차린 엄마 둘이 아이들을 낚아채듯 끌어올렸다.

끼이이익.

열차는 아이들이 걸터앉았던 승강장 난간을 더 지나서 멈춰섰다. 파랗게 질린 아이 둘과 엄마 둘을 보며 가슴을 쓸어내리는 것도 잠시, 화가 치밀어올랐다. 운전실 옆의 창문을 열고 고래고래 소리쳤다.

"아 안 보고 뭐하요!!"

여기서의 '아'는 '아이'를 가리키는 부산 사투리이다. 격하게 튀어나온 사투리로 가득한 선배의 고함에서 선배의 간절하고 급박했던 마음이 느껴졌다. 이게 선배의 두번째 행운이었는데, 사실 이건 미리부터 기적을 울리고 비상제동을 체결한 선배 같은 기관사를 만난 두 아이와 두 엄마의 행운이 더 크다고 볼 수도 있다. 선배가 아니었다면 아이 둘은 지금 세상에 없었을 테니까.

세번째 행운

선배의 마지막 행운은 부산지하철에서 사람이 가장 많이 타고 내리는 서면역으로 들어갈 때 찾아왔다. 서면역에 진입하기 직전 승강장을 살피던 선배는 이상한 분위기를 감지했다. 할아버지 한 명이 앞으로 슬금슬금 걸어나오고 있었다. 직감에 따라 선배는 그 할아버지를 주시하고 있었다. 할아버지는 이내 열차 앞으로 머리를 내밀었다. 지하철에서 자살하는 사람들이 열차로 뛰어들기도 하지만, 머리만 열차에 갖다대는 경우도 있었다. 선배는 이번에도 비상제동을 체결하고 기적을 울렸다. 이때까지 다행히 한 번도 없었는데 드디어 한 건 하는 건가 같은 아찔한 생각을 하며 기적을 미친듯이 울리고 열차가 멈추길 간절하게 바

랐다. 머리가 쭈뼛쭈뼛 섰다. 그런데,

퉤.

열차 코앞에서 선로로 머리를 내밀었던 할아버지가 침을 뱉고는 홱 뒤돌아서 승강장 안쪽으로 가버렸다. 본인 때문에 비상제동이 체결됐고 열차가 기적을 울리는데도 할아버지는 신경쓰지 않았다.

어이가 없었다. 화도 나고 다행이다 싶기도 하고 만감이 교차했다. 돌아서서 승강장으로 아무렇지 않게 걸어가는 그 뒷모습이 어찌나 밉고 동시에 고마웠던지. 분했지만 어쩔 수 없었다. 선배는 갑작스러운 급정거와 기적 소리에 놀랐을 승객들에게 사과 방송을 하고 관제에 보고한 뒤 열차를 다시 운행했다.

여기까지가 선배의 세 번에 걸친 대단한 행운이었다.
새삼 '행운'과 '불행'에 대한 사전적 뜻을 살펴본다.

행운: 행복한 운수
불행: 행복하지 아니한 운수

굉장히 유사한 듯 정반대인 두 단어이지만, 일반적으로 불행하지 않다고 해서 그것을 행운이라고 말하지는 않는다. 하지만 여기 철도에서는 사상사고라는 불행을 피해갔다는 사실만으로 행운의 사나이가 되어버린다.

승강장 안전문이 보급되지 않았던 옛날에는 역에 진입하는 매 이 분마다 긴장으로 인해 기관사들의 몸에 힘이 잔뜩 들어갔다고 한다. 누군가는 사상사고 없이 기관사 일을 마무리하는 것이 축복이라고도 말한다. 이처럼 철도라는 곳에서 사상사고라는 말은 가장 무서운 무게감을 갖는다. 사상사고가 나면, 그날 그 기관사가 속한 승무사업소는 무조건 회식을 갖는다. 동료들이 사상사고를 겪은 기관사의 손을 소주로 씻어주고, 사발에다가 잔뜩 술을 채워서 먹이고 술로 사람을 아주 보내버린다. 숙취로 인해 쓸데없는 생각이 들지 않도록 하는 우리의 배려랄까. 그것은 우리의 전통인 동시에 사상사고를 겪은 동료에 대한 안타까움이고 공감이었다.

처음 '행운의 사나이'와 '세 번의 행운'에 대한 이야기를 언뜻 접했을 때는 '뭐지, 로또라도 당첨된 건가? 세 번이나?'라고 생각했겠지만, 전혀 아니다. 이곳에서 최고의 행운은 사상사고를 피하는 것이다. 대단한 행운임이 분명한 로또에 당첨된 날 사상사고를 냈다면, 그날 그 기관사의 하루는 행운이라고 말할 수 있을까? 로또라는 대단한 행운마저 상쇄시켜버리는 대단한 불행일 것이다. 고로 대단한 불행인 사상사고를 피했다는 것은 대단한 행운이며, 더군다나 세 번의 사상사고를 코앞에서 피해간 기관사인 N 선배는 철도 역사를 통틀어서 정말 억세게도 운좋은 '행운의 사나이'인 것이다.

　그러니까 이 글은 철도 역사상 가장 억세게 운좋은 기관사의 입장에서 바라본, 지하철 자살에 대한 또다른 고찰이다.

지하철 첫차의 사명

기관사로서 첫차를 몬다는 사실은 특별하다. 누구보다 먼저 하루를 시작한다는 만족감이 있달까? 첫차를 몰기 위한 기관사의 승무사업은 전날부터 시작된다. 전날 야간근무를 시작한 기관사가 막차를 운행하고, 해당 야간사업에 대해 배정된 회사 침실에서 잠깐의 휴식을 취한 뒤, 새벽 4시에 기상해서 새벽 5시의 첫차를 운행한다. 첫차를 몬다는 사실에서 비롯되는 특별함을 알려주기 위해, 지금부터 당신을 데리고 바로 그 야간근무를 시작할 텐데 정신 바짝 차리기 바란다. 당신이 여태까지 마음 편하게 이용했던 밝고 안전한 승강장과 객실이 아닌, 기관사들이 다니는 길에서 자칫 나를 잃어버리게 된다면, 어두운 지하 세계에서 길 잃은 일일 신입기관사인 당신은 패닉에 빠지게 될 것이다. 어두운 터널에서 어쩔 줄 몰라하는 당신의 코앞으로 위압적인 존재감을 내뿜는 열차가 굉음을 내며 스쳐갈 텐데, 그러면 웬만한 사람은 온전히 버티기가 쉽지 않다. 아직 할 말이 한참 남았긴 하지만, 이제 우리가 운행할 열차의 발차시간이 다 되었기 때문에 노파심에 하는 말은 여기까지만 하겠다. 따라오라.

우선 전날 야간근무를 위해 출근한다. 열차가 출발하는 발차시간보다 사십 분 일찍 출근해서 '출무 점검'을 받는다. 오늘 근무에 대한 특이사항이나 주의사항을 전달받고, 기관사인 우리가 근무하는 데 문제가 없는지를 확인하는 절차이다. 이 과정에서 음주측정도 한다. 수백 명의 사람들을 태우고 운행하는 우리 기관사들은 절대 음주상태에서 일하면 안 되므로, 매일 출근해서 근무 시작 전에 음주측정기를 불게 된다. 음주측정을 가장 많이 하는 직업이 경찰이라면, 음주측정을 가장 많이 당하는 직업은 기관사일 것이다. 음주측정기를 불었다면 이제 정말로 출발하자. 시간이 없다. 교대위치로 가서 정확한 시간에 우리가 몰아야 할 막차를 인계받아야 한다.

막차를 운행하는 동안엔 평소보다 신경쓸 것들이 많다. 마지막 열차이기 때문에 승객을 두고 출발하는 일이 없도록 매 역마다 역무원이 전호를 통해 이 역에는 남은 승객이 없으니 막차가 출발해도 좋다는 신호를 준다. 우리는 그 전호를 반드시 확인하고서 출입문을 닫고 다음 역으로 출발해야 한다. 환승역에서는

손잡이를 잡자!!!!

만승역에서는 좀더 신경을 써야 한다. 만승하는 승객들이 만승통로나 계단, 에스컬레이터를 걷거나 뛰어서
이동하는 동안 누고 가지 않도록 역무원과 공익요원들이 모든 곳을 확인한 후 기관사인 우리에게 건호를 준다.

출처: 부산교통공사

부산교통공사
Busan Transportation Corporation

좀더 신경을 써야 한다. 환승하는 승객들이 환승통로나 계단, 에스컬레이터를 걷거나 뛰어서 이동하는 동안 두고 가지 않도록 역무원과 공익요원들이 모든 곳을 확인한 후 기관사인 우리에게 전호를 준다. 이 과정에서 시간이 꽤 많이 걸리지만 어쩔 수 없다. 막차는 조금 지연되더라도 모든 승객을 태워가야 하니까.

열차가 마지막 역에 도착하면 승객들에게 안내방송을 한다. 뭘 가만 보고 있는가? 일일 신입기관사인 당신이 방송하면 된다.

"안내 말씀 드립니다. 우리 열차의 마지막 역인 ○○역입니다. 승객 여러분께서는 모두 내려주시기 바랍니다. 오늘도 부산도시철도를 이용해주셔서 감사합니다."

잘했다. 처음 하는 안내방송이라고는 아무도 믿지 못할 정도로 깔끔하고 군더더기 없었다. 내가 잘 알려준 덕분도 있겠지만 그보다는 당신에게 재능이 있는 듯한데, 기관사를 한번 준비해보는 건 어떤가? 생각은 이따가 하기로 하고 우선 후사경과 CCTV 화면으로 밖을 잘 살펴라. 역무원과 공익요원들이 열차 안을 돌며 남아 있는 승객이 있는지 살피고 있을 것이다. 잠시 뒤 확인이 끝나면 이전 역에서처럼 전호를 줄 것이다. 아까 지나온 역에서는 해당 역에 남아 있는 승객이 없으니 출발해도 좋다는 전호였고, 이번에는 운행이 끝난 지하철 열차 안에 남아 있는 승객이 없으니 정해진 위치로 가서 열차를 유치해도 좋다는 뜻이다. 막차란 그렇다. 한 명이라도 남은 승객이 있는지 잘 살펴야 한다. 생각해보라. 자정이 넘은 야심한 시각, 역이나 열차에 실수로 혼자 남게 되었는데 그것을 자각하자마자 모든 불이 꺼지고 어둠 속에 혼자 놓인다면…… 우리 기관사들은 승객이 그런 무서운 상황에 놓이지 않도록 잘 살펴야 한다. 자, 이제 저기 밖에서 역무원과 공익요원이 확인 끝났으니 문을 닫아도 좋다는 전호를 주는 것이 보일 것이다.

쿵. 잘 닫았다. 이제 우리는 열차를 역 사이에 숨겨져 있는 특정 장소에 유치해둘 것이다. 시동을 잘 끄고 문도 잘 닫고 잠갔다면 이제 어두운 선로를 따라 역까지 걸어서 역 안에 숨어 있는 침실로 이동하자. 이곳은 어두워서 위험하니 잘 따라오기 바란다. 침실에 도착해서는 승무사업소에 전화를 걸어 무사히 잘 도착했다는 보고를 한다. 막차를 운행하고 침실에 도착하면 자정이 조금 넘는다. 지금부터 짧은 휴식을 취하자.

깜빡.

이제 그만 눈을 떠라. 새벽 4시다. 피곤하고 힘들겠지만 어쩔 수 없다. 첫차란 도시의 아침을 깨우기 위한 알람과도 같은 거니까. 혹시나 기관사가 못 일어나서 도시의 알람인 첫차가 안 울리는 일은 없을 거라고 승무사업소에 기상보고를 하자. 승무사업소에서는 항상 그런 것들을 걱정하고 있다. 정해진 시간까지 기상보고를 하지 않으면 우리가 잠들어 있는 줄 알고 급하게 사이렌이 울리듯 전화가 올 것이다. 얼른 전화하라.

이제 정신을 차리고 어제 걸었던 어두운 선로를 다시 반대로 걸어서, 역 사이에 숨겨두었던 열차에 도착해 열차를 깨운다. 열차의 시동을 켜고 각종 계기들과 장치들에 이상이 없는지 '출고점검'을 완료하고 관제에 보고한다. 준비가 다 되었으며 바로 영업운전을 시작해도 문제없다고. 새벽 5시, 신호가 들어오고 우리는 승객을 태운 첫차를 운행한다. 첫차를 운행할 때는 평소보다 훨씬 조심해야 한다. 지하철 역사와 선로에서의 각종 점검과 수리 작업은 열차가 운행하지 않는 새벽시간에 이루어지는데, 그 야간작업이 끝나고 처음 출발하는 열차가 바로 우리가 운행하는 이 첫차이다. 혹시 남아 있을지 모를 작업파편이나 야간작업자 등등을 잘 살펴야 한다. 혹시나 그런 위험요소가 남아 있을지 모르기에, 일일이 확인하고 길을 개척하는 것이 첫차의 또 다른 사명이다.

고생 많았다. 처음이라 긴장되는데다 피곤하기까지 했을 텐데 잘해줬다. 오늘 도시의 알람인 첫차는 당신이 울렸다. 어떤가? 뭐가 좀 느껴지는가? 아마 정신이 없어서 잘 모를 것이다. 내가 힌트를 좀 주자면, 아까 열차에서 내리기 전 지하철 열차가 지상구간으로 나왔을 때, 강 위로 해가 뜨는 것을 바라보며 긴장을 조금 풀고 함께 기지개를 켰던 것 기억하는가? 그때 긴장된 마음 틈새로 느껴진 어떤 만족감을 기억하는가? 새벽 4시에 일어나서 새벽 5시의 첫차를 운행하다보면 그런 묘한 느낌들이 든다. 좀더 구체적으로 말해보자면 두 가지의 느낌이 공존한다. 두려움과 만족감. 혹시 위험이 있을지 모르는, 오늘 아무도 달려보지 않은 선로를 내가 처음 달린다는 두려움과, 역설적으로 거기서 비롯되는 안도감과 만족감. 마치 간밤에 수북이 쌓인 눈에 처음으로 발자국을 남기는 개척자의 마음과 비슷하달까. 이 두 감정은 '처음'이라는 것에서 비롯되는 감정일 것이다. 하지만 처음이 중요하다고 해서 무언가 대단한 일을 해야 하는 것은 아니다. 그저 행하기만 하면 된다. 늘 하던 운행이지만 그날 처음 달린 운행이었다는 점에서 의미를 가지는 것처럼 말이다.

그러니 무언가를 시작할 때 망설이지 마라. 내가 그저 평온하게 책을 읽고 있었을 뿐인 당신을 냅다 지하철 첫차 운전실에 끌어다 앉힌 것처럼 그냥 해봐도 된다는 소리다. 처음이라는 이유 하나만으로도 충분히 특별해질 수 있으니까. 당신이 눈 위에 낸 첫 발자국이 이내 다른 사람들의 발길로 더럽혀진다 해도, 오늘 당신이 지하철 첫차를 몰았다는 사실 따위 이 거대한 세계에서 알아주는 이 하나 없더라도, 적어도 당신만은 알지 않는가. 그것이 당신의 하루, 당신 생애 최초의 순간이었다는 것을.

광안행 막차의 선택

　나는 지하철 기관사이다. 정확히는 부산지하철 2호선을 운행하는 기관사이다. (사실 2호선에 묶인 지박령 신세에 불과하다.)

　내가 기관사라는 사실을 알리면 가끔 듣는 질문이 있다. 사실 사적 민원에 불과하지만 뭐 이것까지가 사회에서 말하는 공기업이라는 타이틀에 속박된 공직자가 짊어져야 할 '노역'의 일부라면 하는 시늉이라도 해주겠다, 빌어먹을. (이런 우수사례는 회사 창립 이래 최고의 '이달의 우수사원' 감이 확실하니 이 글을 보는 누군가는 즉각적으로 지하철 고객센터에 칭찬 민원을 남겨야만 한다. 오해할까봐 확실하게 말하자면, 정확히 당신에게 하는 이야기가 맞다. 고민할 필요는 없다. 그런 건 시간만 늦출 뿐이니까.)

　"왜 막차가 종점이 아닌 광안이나 전포까지만 가는 것들이 있어요? 너무 불편해요. 이유가 뭐죠?"

막차에 대해 이렇게 자세히 안다는 말은, 내 밥줄에 보탬이 되어주시는 우수고객님이라는 말이 되기 때문에 성심성의껏 답해드려야만 한다. 그 원리에 대해 확실히 이해시켜드리고, 우리 고객님께서 어디 가서도 아는 척이 가능하게 만들어드림으로써, 우리 지하철을 이용하시는 정당성을 찾게 해드려야만 한다. 이만한 고객감동이 어딨겠는가. (고객님들의 지하철 운임에서 월급을 받는 나에게 그럴 책임이 있기도 하겠지만, 솔직히 말해서 나는 이런 사적 민원을 즐기는 편이다. 나에게도 아는 척하는 건 재밌는 일이니까. 그보다 사적인 시간에까지 민원 해결에 열심인 내 모습, 이걸 본사에서 알아야 할 텐데…… 망할 본사놈들.)

세상 모든 일이 그렇듯 거꾸로 생각하면 간단해진다. 매일 밤 모든 열차가 호포차량기지로 돌아가서 일을 마친다고 가정해보자.

다음날 승객인 나는 광안역에 첫차를 이용하러 가는 중이다. 현재 광안역의 양산행 첫차는 오전 5시 18분에 출발한다. 그 새벽에 첫차를 이용한다는 말은 생업이든 타지로의 이동이든 굉장히 중요한 일이 걸려 있다고 보아야 한다. 그만큼 중요한 첫차이기에 나는 놓치지 않기 위해 서두른다. 5시 조금 넘은 시각, 카드를 찍고 여유롭게 게이트를 통과했고, 안전하게 승강장에 도착했다. 지하철은 정시성이 생명이기이에 승강장에 안착한 지금의 나에게 변수란 웬만해선 없다고 봐야 한다.

그렇게 시간이 흐른다.

5시 10분…… 5시 15분…… 16분, 17분.

18분!!

19분…… 20분…… 25분…… 30분……?

그제서야 자각한다. 승강장에 나 이외엔 아무도 없음을. 목숨 같던 첫차 탑승에 지장이 생긴 나는 화가 나서 역무실을 박차고 들어간다.

"아니 왜 첫차가 오지 않죠? 5시 18분이 첫차 아닌가요? 공공성과 정시성을 추구하는 지하철이 이래도 되나요?"

하지만 역무원의 반응이 이상하다. 죄송해야만 하는 나에게 도리어 이상하다는 듯 말한다.

"광안, 전포행 막차가 불편하다고 하셔서 모든 열차가 호포차량기지로 가서 사업을 마치게 된 지 오래입니다. 호포에서 출발한 첫차가 여기 오려면 한참 남았어요…… 내려가서 기다리시면 나중에 올 겁니다, 첫차."

물론 실제로 이렇게 바뀌진 않았다. 광안, 전포행 막차가 사라지고 모든 열차가 호포차량기지로 가서 사업을 종료할 경우, 광안, 전포, 호포, 양산, 장산 등의 구간에서 5시 조금 넘은 시각에 첫차가 출발하는 지금과 달리, 노선의 한쪽 끝에 위치한 호포차량기지에서만 첫차가 출발하게 되고, 반대편 종점인 장산역에서는 7, 8시가 다 된 시각에야 첫차라고 말하기가 지하철 자신으로서도 수치스러운 첫차가 출발하게 된다.

광안, 전포행 막차가 사라지고 모든 열차가 일제히 호포차량기지로 가서 사업을 종료할 경우에 지하철 첫차를 기다리는 이들에게는 이런 대란이 벌어지고 마는 것이다. 지하철에서는 자정이 훌쩍 넘은 시간의 귀가를 보장하는 쪽보다는 생업을 위해 아침을 조금 일찍 시작하는 사람들의 편의를 '선택'했다.

뭐 인생도 마찬가지 아니겠는가. 결국 다 선택이지 않은가. 대학생 시절 술 먹고 노는 시간을 선택했던 나는 시험기간에 공부할 시간이 부족했고, 나는 아무런 장난을 치지 않았음에도 누군가 장난친 게 분명한 성적표를 받아들었다. 그러나 누구도 탓할수 없었다. 그저 '어쩔 수 없이' 다시 술집으로 향하는 선택을 내렸을 뿐.

다만 광안이나 전포행 막차를 운행하다보면 이 역이 열차의 종점이라는 사실을 온몸으로 거부하시는, '음주로 인한 운전면허 취소'가 아닌 '음주로 인한 지하철 이용 취소' 처분이 적합함을 법원에서도 인정해줄 것이 명백한, (대부분의 좋은 고객님들이 아닌 일부 소수의) 화가 많은 고객님들께도 이런 사실을 알려드리고 싶지만 참기로 하겠다. 그런 상태로 존재하시는 고객님들 대부분은 대화가 잘 통하지 않으므로.

마리오네트 지하철

나는 부산지하철 2호선 기관사이고, 오늘도 정해진 철길 위를 달린다.

기관사라는 일을 하다보면 이상한 경험을 하게 된다. 나라는 사람 자체를 보았을 때, 어느 곳의 어떤 사람들 속에 가더라도 주체적으로 지내며 분명한 존재감을 가진다. 하지만 지하철 운전실과 객실 사이의 구닥다리 철문에는 어떤 최첨단 스텔스 기술이 숨겨져 있어서, 승객들에게서 나 같은 기관사의 존재를 지워버린다. 그 순간 나는 아주 특별한 '객체성'을 부여받는다. 뭐꼭 나쁘다고만은 말할 순 없는, 재미있는 포지션이긴 하다. 고마워, 구닥다리 철문아.

마리오네트 인형극을 본 적 있는가? 마리오네트 인형들을 조종하는 존재가 있으며 그것이 사람이라는 것은 알고 있지만, 극이 진행될수록 마리오네트 인형들에 집중하게 되고, 인간의 존재는 희미해진다.

그렇다. 나는 마리오네트 인형 조종술사이고, 내가 모는 지하철은 수십억짜리 마리오네트 인형에 불과하며, 승객들은 내가 누르는 버튼으로 조종되는 마리오네트 지하철에 정신을 빼앗긴 관객에 불과하다.

그렇게 나는 마리오네트 지하철을 통해 부여받은 객체성으로 내 관객들을 바라본다. 평소라면 절대 가질 수 없었던 철저한 관찰자 시점의 안경을 쓴다. 내 마리오네트에 정신을 빼앗긴 손님들이 지하철을 이용하는 모습을 보며 다양한 상념에 빠진다. 닫히는 지하철 문에 머리부터 돌진하는 손님들부터 운전실 출입문의 거울처럼 비치는 유리창에 대고 코털을 정리하거나 이 사이에 낀 고춧가루를 빼는 손님들까지. (나는 다 보이는데……) 그런데 그때 나는 오히려 더 객체가 된다. 내가 있다는 사실을 알게 되면 코털 정리가 제대로 되겠는가?

마리오네트 인형술사의 보람이 무엇일까? 사람의 존재를 잊고 인형에 집중하게 만든 자신의 손에 대한 감탄과 더불어, 철저한 객체로서 관객들이 자신의 인형을 보며 울고 웃는 모습을 보는 것 아닐까? 내 보람 역시 내 마리오네트 지하철을 이용하는 고객들이 내게 부여해준 객체성으로, 승객들이 편리함을 부여받는 모습을 바라보는 일 아닐까?

내가 태운 고객들의 하루가 원활했다면, 거기에 나와 내 마리오네트의 지분도 있다고 볼 수 있지만, 배당신청은 않겠다. 나는 청렴한 공직자니까. (3만 원 넘는 건 곤란하다.)

상대적 미세먼지
청정구역

언젠가 집을 나서며 생각했다.

'오늘은 미세먼지가 심하니 꼭 KF94 마스크를 끼고 나가야겠다.'

인제부턴가 미세먼지는 우리 삶을 꽤 바꾸어놓았다. 집안에서도 미세먼지로부터 자유로울 수 없기에 매일의 환기조차 쉬이 허락되질 않았고 공기청정기는 필수 가전이 되었다. 미세먼지가 심한 날이면 달리기 좋아하는 사람들은 미세먼지를 피해 헬스장의 러닝머신 위로 도피하고, 걷기 좋아하는 사람들도 기분좋고 상쾌한 산책을 기대하기 어렵게 되었다.

따뜻하고 상쾌한 봄날은 멸종 위기에 놓인 야생동물처럼 쉽게 만날 수가 없다. 얼마 전 벚꽃이 가장 만개했던 주말에 수많은 사람들이 벚나무 아래로 향했다. 얼마나 많은 사람들이 지역 벚꽃축제나 벚꽃놀이 명소로 향했는지에 대한 뉴스를 보고 있을 때, 휴대폰 알림이 무신경하게 울렸다.

"미세먼지 최악, 절대 나가지 마세요."

벚꽃놀이 명소인 '온천천 벚꽃터널'이 공교롭게도 우리집 코앞에 있었는데, 정작 나는 집 밖으로 한 발짝도 나갈 수가 없었다. 내가 벚꽃을 싫어해서 그런 것은 아니었다. 꽃도 여유도 그리고 낭만도 좋아하는 나였지만, 500을 넘어버린 미세먼지 수치 때문에 그날 내 낭만은 허락되질 못했다. 상식적이지 못한 수치였다. WHO에서는 미세먼지 수치 50을 넘으면 '나쁨', 100을 넘으면 '매우 나쁨'으로 분류한다. 창문 안에 갇혀 저멀리 미세먼지의 횡포에도 낭만을 포기하지 않은 용기 있는 사람들을 바라보았다. 한 치 앞만 보이는 뿌연 하늘과 잿빛 하늘 아래서도 환히 보일 정도로 만개한 벚꽃 터널, 그 아래 가득히 모인 마스크를 쓴 사람들. 새하얀 도화지에 예쁜 분홍빛의 벚꽃을 정성스레 그린 후, 잿빛 시멘트를 부었달까. 낭만을 금지당한 나, 혹은 저기 밖에서 낭만을 지키기 위한 투쟁을 이어가는 사람들. 어떤 것도 명쾌하지가 않았다.

많은 것들이 전과 달라졌다. 미세먼지가 우리의 일상을 바꾸어놓았다는 사실. 당연한 것이 더는 당연하지 않아졌다는 사실. 나는 그게 슬펐다. 애석하게도 지하철이라는 공간에서 이루어지는 내 기관사로서의 일상도 바뀌긴 매한가지였다.

사실 지하철이라는 곳은 미세먼지의 온상이다. 지하공간, 철길 위 철바퀴에서 비롯되는 미세한 입자의 쇳가루들. 어찌 보면 미세먼지의 최전선이라 할 수 있었다. 그렇기에 기관사를 비롯한 우리 지하철인들은 미세먼지에 대한 관심이 대단했다.

특히 나는 일을 시작한 이후 천식을 앓게 된 만큼 그 관심이 남달랐다. 승강장이나 역사에 있는 '공기질 개선장치'를 열차 내부와 운전실 내부에도 설치해주길 끊임없이 건의했고, 그걸로도 부족하다고 생각했다. 그러니까 내가 KF94 마스크를 끼고 휴대용 공기청정기를 가지고 다닌다는 사실은 그리 이상한 일이 아니었다. 처음 휴대용 공기청정기를 살 때는 그 효과에 대해 크게 신뢰하지 못했다. 하지만 공기청정기에 내장된 미세먼지센서의 표시등이 '나쁨'에서 '보통' 그리고 '좋음'으로 바뀌어가는 것을 보며, 진작 구매하지 않고 천식까지 얻은 과거의 내가 안타깝다는 생각이 들었다.

나는 좋은 것은 함께 나누어야 하는 캐릭터이다. 그래서 휴대용 공기청정기의 효과에 대해 동료들에게 전파하기 위해 기관사들이 모여 있는 휴게실에서 얘기를 꺼냈는데, 하나둘씩 각자 가지고 다니는 휴대용 공기청정기를 꺼내는 것이 아닌가. 갑작스럽게 각자의 휴대용 공기청정기에 대한 영업이 시작되었다. 휴대용은 필터가 H13이냐 H11이냐, '제거 능력'이라는 수치가 가지는 의미부터 L사 모델은 어떻고 C사 모델과 S사 모델은 특장점이 무엇인가에 이르기까지. 공기청정기를 광고하는 우리 사이에서

숨쉬기도 힘든 1급 방진마스크를 끼고서 마스크가 아닌 본인의 강철 심폐를 자랑하는 기관사까지 합세하면서, 기관사 휴게실은 미세먼지 제거용품 방문판매장이 되어버렸다.

이렇듯 지하철에서 일하는 우리는 진작부터 미세먼지에 대한 관심이 지대할 수밖에 없었다. 철길 위에서 철바퀴로 굴러가는 쇳덩어리 지하철은 브레이크를 잡을 때마다 어마어마한 금속 미세먼지들이 화산처럼 뿜어져나왔기에, 지하철이 다니는 곳은 태생적으로 미세먼지에 취약했다. 지하철 노동자에게 미세먼지는 '선천병'이었다.

하지만 지하철은 이를 극복하기 위해 꾸준히 노력하고 있었다. 그저 우리가 몰랐을 뿐이었다. 터널 물청소, 역사와 승강장 그리고 열차 내부에 이르기까지 공기질 개선장치 설치, 미세먼지 제거용 벽화, 미세먼지 제거 식물, 스크린도어 설치, 미세먼지 전문 부서 신설 이외에도 미세먼지라는 이 선천적이고 태생적인 질환을 극복하기 위해 다양한 노력을 해오고 있었다. 그 결과 아직 완벽한 '미세먼지 청정구역'이 되진 못했지만, 미세먼지가 심한 날에는 오히려 도심의 공기보다 훨씬 깨끗한 공기질을 가진 '상대적 미세먼지 청정구역'을 만들어냈다.

최악보다는 차악을. 차악이라면 이젠 정상을.

태생적인 한계를 가졌음에도, 외면할 수 있었음에도 그렇게 한 단계씩 변화해오고 있었다. 더뎠지만 분명한 극복이었다.

정해진 선로만을 달리는, 변화할 수 없는 가장 고리타분한 존재라 여겼던 지하철. 하지만 오히려 고리타분한 건 내 쪽이었다. 이 촌스럽고 각진 지하철이 매일 꾸준하고 올곧게 달리는 이유를 이젠 알 것도 같다. 당장 눈에 드러나지 않는 미세한 문제에도 작고 구체적인 생각으로 변화를 만들어가는 것.

"안내 말씀 드립니다. 승객 여러분께서는 어떤 작고 구체적인 생각들을 하고 계신가요?"

알람1, 알람2, 알람3, 알람4, 알람강박증 on

이상하리만치 어두운 방안. 불을 끄고 방 한가운데 우뚝 선 내 뒷모습. 무언가에 홀린 듯 손에 쥔 폰을 바라보며 중얼거린다.

"○일 7시 30분 출근.

여섯시영분, 여섯시일분, 여섯시오분, 여섯시십분.

여섯시십분, 여섯시오분, 여섯시일분, 여섯시영분.

알람1, 알람2, 알람3, 알람4, 온, 온, 온, 온.

소리 온."

"자기야, 그만해. 무서워……"

기관사의 근무는 대단히 불규칙하다. 그 결과 우리 기관사 들은 거의 필연적으로 알람강박증 환자가 된다. (수면장애는 덤이다.)

매일 다른 출근시간에 대응하기 위한 방법을 고민하던 나는 아주 유능한 알람 어플에 대해 알게 되었다. 알람을 끄기 위해 사칙연산 게임을 해야 한다거나 정해진 형태의 사진을 찍는다거나 하는 미션을 완수해야만 알람을 끌 수 있었다. 효과는 강력했다. 그래서 방심했다. 그 어플이 제대로 작동하지 않을 수 있다는 사실은 생각하지 못했다.

새벽 출근인 날이었다. 전화 소리에 눈을 떴다. 미처 잠에서 다 깨지 못한 나는 전화 소리는 들리지만 전화가 오는 것을 자각하지는 못한 멍한 상태였고, 창문으로 들어오는 햇살이 따뜻하다는 것과 왠지 모를 개운함을 느꼈다. 아주 달게 잠을 잤다는 느낌이었을까? 그 짧은 동시에 길었던 2, 3초가 지나고 기분 좋은 개운함은 그대로 불길함으로 바뀌었다. 미친듯이 울리는 전화벨을 그제서야 자각했다.

"니 어디고?!"

"죄송합니다, 알람을 못 들었습니다……"

분명히 알람을 맞췄는데 이해가 가지 않았다. 그 어플은 알람이 울린 내역을 확인해볼 수 있었는데, 여러 개 맞춰둔 알람이 단 하나도 울린 기록이 없었다. 너무 분했던 나는 앱스토어에 리뷰로써 내 억울함을 풀어야만 했다. 한데 그곳엔 나와 같은 일을 겪은 동지들이 여럿 있었다. 왠지 그걸 보고 굳이 리뷰를 남길 필요가 없겠다는 생각이 들었고, 그냥 그 어플을 지웠다. 후에 어떤 선배가 얘기해줬다. 그런 거 쓰면 안 된다고, 폰 기본 알람을 써야 오류가 없다고. 튜닝의 끝은 순정이라 했던가…… 알람도 마찬가지였다.

한편 차를 놓치면 곤란한 상황이 생기는데, 그에 대한 반작용으로 기관사는 알람에 더욱 집착하게 된다.

사무실에 절규하듯 대문짝만하게 붙은 표어가 기관사가 알람을 제대로 맞추어야만 하는 필수성에 대해 말해준다.

"발차 십 분 전 알람 설정!!! 애꿎은 동료 기관사가 피해를 봅니다……ㅜㅜ"

그리하여 기관사들은 출근 후 바로 알람을 맞춰대기 시작한다. 알람을 맞추는 모습은 기관사들의 상징과도 같다. 알람을 맞추는 것부터가 기관사 업무의 시작이다. 출근하자마자 그날의 모든 근무에 대해 알람을 맞추어두는 기관사, 혹은 당장의 제일 가까운 근무에 대해 매번 알람을 맞추는 기관사, 무엇이 되었든 결국 기관사들의 알람은 수십 개가 맞추어진다. 열이면 열, 백이면 백, 기관사들의 핸드폰 속 알람 설정 페이지는 숱한 알람으로 너덜너덜하기 마련이다.

또한 기관사들은 스마트폰의 시간 체제를 12시간제가 아닌 24시간제를 사용한다. 다들 오전 오후 알람을 잘못 맞춘 경험이 있어 결국 24시간제 체제의 옹호자가 되어버리기 때문이다. 이렇게 기관사들의 시간은 알람으로 시작해서 알람으로 점철된다.

알람강박증은 모든 기관사들이 운명처럼 받아들이는 산업재

해와도 같다. 질병은 신호이다. '어디가 안 좋다, 이제라도 챙겨라' 하고 알려주는 신호.

기관사로 일하며 장난스럽게 칭했던 알람강박증이라는 말. 알람에 지나치게 집착하던 내 모습과 혹시나 하는 마음에 반쯤 장난으로 찾아본 강박장애의 실제 증상들. 그 강박장애라는 질병의 실제 증상들을 내가 그대로 보이고 있다는 사실에, 나 스스로 충격보다는 슬픔을 느꼈다. 나만 몰랐을 뿐 세상이 보기에 내 모습은 질병이었다.

내려놓아야 보이는 것들이 있었고, 내려놓겠다는 마음을 먹고서야 받아들일 수 있었다. 내 집착과 강박에 대해. 그런데 그 사실을 깨닫고 나니 슬프기보다는 오히려 편해졌다. 세상 사람들 누구나 어떤 형태로든 크고 작은 강박을 가지고 있을 것이다.

강박은 이 만만치 않은 세상에서 끝내 살아남기 위한, 어떻게든 견디고 적응하기 위한 내 삶의 태도이자 방어기제이다. 그러므로 때론 이렇게 일과 삶에 어느 정도는 필요한 강박을 강박적으로 탓하지 말고, 나 자신이 병들었다고 다그치지 않는 마음도 필요하지 않을까. 누구나 조금씩은 아픈 채로 이 힘든 세상을 버텨내게 마련이니까.

나는 알람강박증에 걸렸다는 강박을 내려놓고 나서야 별일 아니었다는 걸 알게 되었다.

당신도 내려놓아라. 그거 별거 아닐 테니까.

세상에 모든 기관사가
사라질지라도

기관사는 사라질지도 모른다.

인공지능과 기술의 발전으로 인해 사라질 확률이 높다고 점쳐지고 있다. 이외에도 많은 직업들이 사라질 위기에 놓였고, 이미 그 소멸을 코앞에 목도한 직업들도 있다. 사실상 아날로그성이 깃들어 있는 인간의 모든 직업은 존재 자체에 대한 불확실성을 가지게 되었다. 기관사란 직업이 사라지면 기관사인 나는 어떻게 되는 것일까? 마치 내가 딛고 있는 이 땅이 사라지고 그 아래로 멀리 떨어질 것만 같은, 내 설 자리가 사라지는 것만 같은 기분이 든다. 어느 날 내가 몰던 열차가 어떤 역에 정차하더니 운전실에 있는 나를 끄집어내 깜깜한 선로에 버려두고 혼자서 출발해버리는 날이 올지도 모른다.

하지만 다행히도 아직은 기관사가 없는 지하철은 상상할 수 없다. 기술의 발전이 아직은 넘지 못한 몇 가지의 관문이 있기 때문이다. 우선 열차의 무인운행은 아직 안전문제로부터 자유롭지 못하다. 기관사 없는 지하철에 안심하고 탈 수 있는가에 대한 문제가 있다. 사람이 몰지 않아도 안전하다고 확신할 만한, 확고한 기술의 발전이 담보된다면 문제가 없겠지만 아직 우리가 사는 세상은 그렇지 못하다. 세계적으로 보더라도 무인운전 열차는 한동안 개발이 정체되었다가 2015년 이후에 들어서야 급격히 증가중이고, 아직은 여러 시행착오를 거치는 중이다. 우리나라만 보더라도 여러 안전문제와 한계점으로 인해, 무인운전 노선은 역사 간 거리가 1킬로미터 이내인 경전철에만 적용하고 있다. 아직은 승객들이 많이 이용하는 주요 노선에 적용하기에는 성급한 상황이다. 시행착오를 더 많이 거쳐야만 한다.

둘째로 무인운전은 고장 발생 시에 분명한 한계점이 존재한다. 현재 무인운전이 적용되고 있는 경전철들의 경우만 살펴보더라도, 운행중 고장 발생 시 승객이 스스로 탈출하도록 설계되어 있다. 고장이 나면 어떻게든 기관사가 조치해서 열차를 끌고 가는 현행 열차들과 달리, 고장나면 깔끔하게 열차를 포기하고 승객들을 자율적으로 대피시키겠다는 뜻이다. 실제로 고장으로 인한 운행 중단의 사례가 적지 않다.

일부 승객들의 인식 개선도 필요하다. 기관사가 승객들이 다치지 않도록 출입문 등을 신경써서 취급하는 지금과 달리, 모든 것이 자동으로 움직이는 상황에서는 승객들이 다치지 않으려면 자발적으로 안전수칙을 준수해주어야 하는데, 아직은 그렇지 못하다. 닫히는 출입문에 발을 끼워넣는 일부 승객들이 아직 존재하기 때문이다. 자동화된 기계는 기관사와 달리 끼워넣은 발을 배려해주지 않을 것이다.

무인운전 열차는 미래에서 빠른 속도로 달려오고 있긴 하지만 당장에 직면할 일은 아니다. 우리들끼리 하는 우스갯소리를 빌리자면 기관사의 인건비가 전체적인 시스템을 바꾸는 값보다 싸기 때문이라는 의견도 있다. 군대에서 땡볕 아래 힘들게 손으로 잡초를 뽑던 병사가 간부에게 제초기를 쓰는 게 훨씬 효율적이지 않냐고 묻자, 담당 간부가 이렇게 답했다는 전설적인 이야기가 있다.

"너희 인건비가 제초기보다 싸다. 그것이 군대의 효율이다."

철도 무인운전 적용 여부도 비슷한 원리일 것이다. 전체적인 선로와 시스템을 개조하고 한 대에 수십억짜리 열차들과 각종 안전장치들을 새로 사는 것보다는 아직은 기관사의 인건비가 싸기 때문이다.

언젠가는 이 모든 관문을 기술의 발전이 넘어설 테고, 기관사란 직업도 존폐의 기로에 놓일 것이다. 그렇게 우리는 사라질지도 모른다.

하지만 이 말은 틀렸다. 말을 조금 수정해야 한다. '우리는 사라질지 모른다'에서 '기관사인 우리가 사라질지 모른다'로.

현재 무인으로 운행되는 우리 부산지하철 4호선 경전철을 생각해보자. 그 경전철엔 열차 운전면허를 가진 기관사가 탑승해서 운전하진 않는다. 대신 열차 운전면허를 가진 그들은 '운행안전요원'이라는 이름으로 역무실에 존재한다. 평소에는 역무원으로서 일하다가, 열차에 고장이나 비상상황이 발생하면 열차에 탑승해서 고장조치 및 비상운전을 하는 것이다. 혹은 관제사가 되기도 한다. 무인운전 시에는 관제사의 역할이 더욱 중요해진다. 기관사로 근무하다 관제사가 된 동료들도 이미 꽤 많다.

이처럼 우리는 사라지는 것이 아니라 새롭게 존재할 것이다. 새로운 시대에 어울리는 새로운 역할로서 말이다. 인공지능과 기술이 발전하면서 많은 사람들이 인간이 설 자리를 잃지 않을까 걱정한다. 물론 이런 소리를 해대는 나 역시 마찬가지로 걱정되지만, 불확실한 미래에 대해 과도하게 걱정할 필요는 없지 않을까. 영화 인터스텔라의 명대사도 있지 않은가.

"우린 답을 찾을 것이다. 늘 그랬듯이."

승강장 발조심!!!!

단히는 출입문에 발을 끼워넣는 일부 승객들이 아직 존재하기 때문이다.
자동화된 기계는 기관사와 달리 끼워넣은 발을 배려해주지 않을 것이다.

출처:부산교통공사

부산교통공사
Busan Transportation Corporation

늙은 열차의 시간

쿵!

기관사 모니터에 일제히 경고메시지들이 뜬다.

"○○○ 에러" "비상제동 체결"

열차가 급격하게 속도를 줄이기 시작하더니 이내 정지한다.

20년도 넘은 노쇠한 열차로 운행하는 우리는 프로페셔널한 기관사이므로 업계의 프로답게 우선 짜증낼 시간을 부여받는다. 사실 이렇게 짜증을 낼 수 있다는 것 자체가 기관사들의 '짬'의 상징이다. 신참 기관사는 짜증이 새어나올 틈도 없이 똥줄이 타들어가는 긴장감을 선물 받기 때문이다.

잠시 허락받은 짜증내는 시간을 아쉽지만 뒤로하고, 이내 친절하고 정중하고 전문적인 기관사의 역할을 시작한다.

우선 사과방송을 한다.

"안내 말씀 드립니다. 우리 열차 현재 차량 고장으로 인해 잠시 정차중에 있습니다. 안전한 객실 내에서 대기해주시기 바랍니다. 이용에 불편을 끼쳐드려 대단히 죄송합니다."

숙달된 기관사인 우리는 이런 방송이 전혀 어렵지 않다. 나는 비상제동이 걸려 급격히 속도를 줄이는 열차가 미처 정지하기도 전에 방송을 완료했을 때, 내 기관사다움에 감탄하는 편이다.

그리고 관제에 보고와 협의를 한다.

비상운전으로 관제에서 지시한 역까지 도착하면 정해진 복구 조치를 완료하고 시스템이 정상화되길 잠시 기다리는 동안, 불안해할지 모를 승객들에게 다시 사과방송을 한다.

"안내 말씀 드립니다. 우리 열차 현재 차량 고장으로 인해 잠시 정차중에 있습니다. 잠시만 기다려주시기 바랍니다. 이용에 불편을 끼쳐드려 대단히 죄송합니다."

시스템이 정상화되는 걸 확인하고 열차를 출발시킨다.

그리고 승객들에게 다시 사과방송을 한다.

"안내 말씀 드립니다. 우리 열차 차량 고장으로 인해 잠시 정차했습니다. 현재는 다 복구되었습니다. 이용에 불편을 끼쳐드려 대단히 죄송합니다."

마지막으로 관제에 정상화되었음을 알리고 정상운행을 재개한다.

실제로 아주 복잡한 조치였다. 이런 사태의 전말을 노상 들는 아내는 힘들었겠다며 걱정하고 안타까워하지만 나는, 우리는 그렇지가 않았다. 20년도 넘은 노후 열차에 고장은 오히려 정상적인 일이었고, 복잡한 조치들은 반복되는 고장 속에서 별거 아닌 일들이 되었다. 우린 그저 사과하기 바빴다.

늙는다는 게 이런 거 아닐까? 미안할 일이 많아지는 거. 아파트 엘리베이터를 잡고 기다려주는 내게 미안하단 말을 셀 수 없이 하시던 이웃 할머니. 마음의 시간은 더디게 흘러서 몸의 시간을 따라갈 수 없었고, 그게 그들을 사과하게 만들었다. 아직 서른네 살에 불과해서 제대로 된 세월을 겪어보지 못한 나로서는 이처럼 주변의 늙어가는 사람과 환경을 보며 짐작만 할 뿐이었다.

다만 약간의 노화를 겪으며 어렴풋이 알게 된 것은, 노화를 시작한 내 몸과 달리 내 마음은 오히려 크고 있었다는 사실. 마음은 몸과 달리 발육의 한계가 없어서 내가 영양분을 주기만 하면 계속 자라날 수 있었다.

툭하면 멈추고 고장나는 늙은 열차에게 짜증을 부리다가 이제는 이해하며 조심스레 다룬다. 늙어가는 열차가 슬프다는 생각을 했다가, 은퇴한 열차들이 타국으로 수출되어 자기만의 다른 생을 이어가는 것을 보며 내 일처럼 기뻐하기도 했다. 시간이 흐를수록 많은 것들이 노화하고 흐릿해지지만 세상의 초점이 다시 맞춰지는 듯한 깨달음의 순간을 만나기도 했고, 영원할 것만 같던 내 생각의 변화를 받아들이기도 했으며, 전에 보이지 않던 것들이 비로소 보일 때도 있었다.

사실 몸의 시간도 마음의 시간도 공평히 흐르고 있었다. 다만 마음의 시간은 몸의 시간과 달리 늙는 것이 아니었다. 깊은 수심과 막대한 수압을 가진 바다가 수많은 생명을 품듯, 마음은 늙어가는 것이 아니라 깊어지고 있을 뿐이었다.

쿵.

처음 닿아본 심해였다.

깊이에서 오는 묘한 만족감이 있었고,

기분좋은 수압이 나를 감쌌다.

'도어맨', 그들은 호텔 등에서 손님들의 차문이나 호텔문을 열고 닫는 최고의 전문가들이다. 오죽하면 이름이 도어맨이겠는가. 단순히 문을 열고 닫는다는 말만으로는 그들의 역할을 정의할 수 없다. 호텔 앞에 멈추는 차들이나 거기서 내리는 사람들, 호텔 쪽으로 향하는 바깥의 사람들, 호텔 로비의 분위기와 그곳에 머무는 사람들, 또 밖으로 나가려는 사람들, 그 모든 손님들에 대한 인지와 파악은 물론이요, 그들 모두를 향한 여유로운 인사와 친절한 미소를 탑재해야 한다. 그들은 호텔의 첫인상이다.

그들이 열고 닫는 문의 개수와 그 개폐 횟수 또한 결코 적지 않을 것이다. 하지만 그 숫자로 따지자면 세상에서 가장 문을 많이 열고 닫는 직업은 도어맨이 아닌 아마 우리 기관사들이지 않을까.

내가 운행하는 부산지하철 2호선의 경우를 생각해보자. 하나의 열차는 총 6칸으로 이루어져 있으며 한 칸에는 한쪽에 4개씩의 출입문이 존재한다. 그리고 우리 2호선 기관사의 하루 기본 근무를 가정했을 때, 39개 역을 편도 4회 운행한다.

부산지하철 2호선 기관사가 하루에 취급하는 출입문의 개수를 수식으로 표현해보자면 이러하다.

6칸의 열차×한 쪽에 4개씩의 출입문×39개의 정차역×4회 편도 운행=하루 취급 출입문 개수

$6×4×39×4=3744$

부산지하철 2호선 기관사는 하루에 3744개의 출입문을 열고 또 닫는다. 어떤 열차를 운행하든 기관사들은 하루에 최소 수천 개의 출입문을 취급하는 것이다.

이렇게 많은 출입문을 취급하는 일 중에서도 출입문을 닫는 것이 특히 어렵다. 끊이지 않고 타고 내리는 사람들, 출입문이 닫힐 때 뒤늦게 날아드는 사람들, 늦게 내리다 닫히는 출입문에 끼이는 사람들, 문 닫을 시간이 지났음에도 저멀리서 필사적으로 달려오는 승객들, 닫혀버린 출입문에 좌절하는 사람들까지 지하철 문 앞에서 사람들은 <모래시계> 못지않은 애절한 드라마를 찍는다. 개중에는 이 모든 것을 바라보고 있는 기관사의 존재를 알고 CCTV에 손을 모으며 애원하는 사람들도 있다.

지하철은 기본적으로 정시성을 제공하기 때문에 초 단위로

끊이지 않고 타고 내리는 사람들, 출입문이 닫힐 때 뒤늦게 날아드는 사람들, 늦게 내리다 닫히는
출입문에 끼이는 사람들, 문 닫을 시간이 지났음에도 저멀리서 필사적으로 달려오는 승객들,

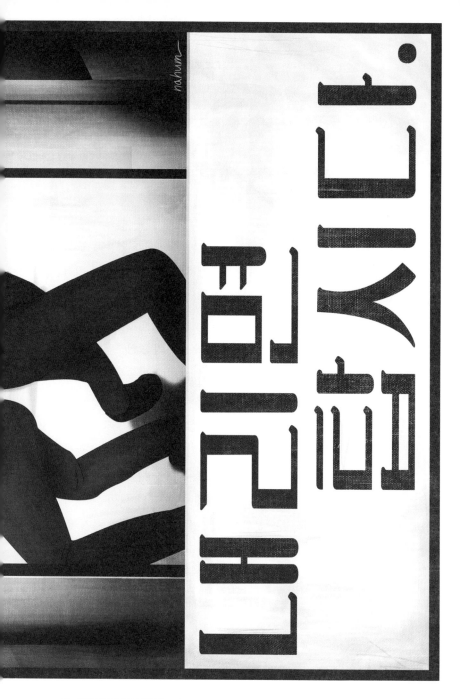

닫혀버린 출입문에 좌절하는 사람들까지 지하철 문 앞에서 사람들은 <모래시계> 못지않은 애절한 드라마를 찍는다.

운행 계획이 세워져 있다. 그 초 단위의 계획이 지켜지지 못하고 일이 분을 넘어 몇 분 이상의 지연이 발생한다면, 정시성은 무너진다. 나 역시 모든 승객을 태워가고 싶은 마음은 굴뚝같지만 마냥 기다릴 수는 없는 노릇이다. 나에게는 정시성을 지켜내야만 하는 기관사로서의 태생적인 숙명이 있기에, 어쩔 수 없이 출입문을 닫고 아쉬운 누군가를 두고 가야만 한다.

출입문이 고장나서 일부 출입문이 닫히지 않는 상황도 종종 벌어진다. 우리 부산지하철에서는 단 한 개라도 출입문이 닫히지 않으면, 모든 승객을 하차시키고 열차를 그 즉시 회송시켜버린다. 출입문이 닫히지 않는 열차를 가지고 승객을 태운 영업운전을 한다고 가정해보자. 열린 출입문을 막기 위한 가림막이라는 것이 존재하지만, 출입문 전체 면적의 3분의 2 정도밖에 가리지 못한다. 그러고도 혹시 모를 상황에 대비해 역무원이나 공익요원이 출장해서 가림막이 설치된 닫히지 않는 출입문 앞을 지킨다.

이 같은 조치들을 할 수 있긴 하지만, 그럼에도 너무 위험하다. 문이 열린 채 시속 80킬로미터로 몸에 꽉 맞는 좁은 터널을 달리는 지하철. 그 열린 출입문으로 손이 10센티미터만 튀어나가도 흰 뼈가 튀어나오는 복합골절을 면치 못할 것이다. 사실 손만 부러지면 다행이다. 몸이 문과 벽 틈으로 빨려들어가지 않고 손만 부러진다면 말이다. 이러한 이유로 출입문이 닫히지 않는 지하철은 운행할 수 없다. 언제 불상사가 생길지 모르니까.

출입문을 닫는 것이 이토록 어려운 것처럼 무엇이든 마무리가 어렵다. 마무리하는 타이밍과 방법이 문제의 정답처럼 정해져 있어서 그에 맞춰 마무리가 가능하다면 좋겠지만, 우리 삶은 그렇지가 못하다. 내가 선택한 마무리는 항상 오답처럼 느껴진다. 원래 마무리란 그런 것이다. 늘 아쉽다.

그렇다면 반대로 생각해보면 어떨까? 마무리에는 어차피 정답이 없으며 늘 아쉬운 것이라면, 굳이 그렇게까지 고민할 필요는 없는 것 아닐까. 그런 마음으로 오늘은 한결 가볍게 출입문을 닫았는데, 이상하게도 오히려 아쉽지가 않았다. 그래, 오히려 이런 게 좋은 마무리가 아닐까.

가뿐하고 경쾌하게, 매 역에서 재깍재깍 출입문을 닫고서 뒤돌아보지 않고 다음 역을 향해 출발하는 지하철처럼.

기관사의 시간은 다르게 흘러간다

기관사의 한 해 업무는 1월 1일에 시작된다. 단순히 1월 1일이 새해의 첫날이기 때문만은 아니다. 기관사들의 1년 근무 일정을 형평성 있게 조절한 '계획교번'이 12월 말에 발표되고 1월에 시작되기 때문이다.

1월은 겨울의 한복판이다. 해는 짧고 모든 것이 얼어붙은 듯 고요하며 정적이다. 아직은 아무 일도 일어나지 않았지만 곧 싹이 올라오고 봄이 시작될 것이다.

1월에 계획교번이 시행되며 기관사들의 1년이 시작되듯이, 얼어붙은 1월도 마찬가지로 1년의 삶을 시작하고 있는 게 아닐까. 우리가 보는 생명의 시작은 봄에 올라올 새싹이지만, 그것이 태동한 시점은 모든 것이 얼어붙은 줄로만 알았던 1월의 겨울이다.

2월은 짧고 애매하다. 어쩌면 2월이 28일 혹은 29일까지만 존재하는 이유는 완벽한 겨울도 봄도 아닌 그 애매함을 감추기 위해서일 것이다. 겨울에서 봄으로 변해가는 날씨. 겨울처럼 매서운 동시에 봄처럼 따스하다. 기관사로서는 이렇게 날씨가 갑자기 변할 때면 긴장하게 된다. 지하철 열차의 항상성 때문이다. 생물이 변화를 최소화하고 상태를 일정하게 유지하려는 성질을 말하는 항상성은 열차에도 적용되는 듯하다. (혹은 열차가 생물일지도 모른다.) 2월처럼 날씨가 하루아침에 변덕을 부리면 열차에 고장이 잦다. 살을 에도록 매섭던 1월의 추위나 숨막히게 내리꽂히던 8월의 태양 아래에서보다 더욱. 어쩌면 열차도 그 애매함을 감추기 위해 고장을 내라고 2월에게 지시받았을지도 모를 일이다.

3월에는 시작된다, 모든 것이. 벚꽃도 새 학기도 새싹도. 이름은 시하철이지만 모든 구간 지하를 달리는 것은 아니다. 부산지하철 2호선의 경우 동원역에서 금곡역으로 향할 때 지상구간으로 열차가 올라온다. 거멓기만 하던 지하와 대조적으로 강변의 예쁜 풍경이 펼쳐진다. 삭막하기만 하던 겨울의 풍경에 점처럼 분홍꽃이 피었다. 어떤 의미에서는 흐드러지게 핀 꽃보다도 예뻤다, 그 점 같은 분홍빛이.

늘 똑같던 지상구간의 풍경이 분홍빛으로, 벚꽃 빛으로 그득해진다. 그렇게 한껏 만개하고 일주일 남짓이 지난 뒤 흩날리는 벚꽃들. 숨막힐 정도로 아름답게 흩날리는 벚꽃 아래에서는 어떤 슬픔이 느껴지기도 했다. 마지막으로 흩날려 세상과 이별하면서도 1년의 시작인 봄을 알리는 것이었으니까. 벚꽃은 작별이었고 만남이었다.

기관사로서 다섯 번의 4월을 지나오며 겪었던 작별과 만남을 돌이켜봤다. 떠나간 선배들과 새롭게 동료가 된 후배들이 있었다, 나의 4월에는.

5월에는 많은 기념일이 있다. 어린이날, 어버이날, 스승의 날. 그래서일까. 내가 모는 지하철도, 또 거기에 탄 승객들도, 그리고 세상도 붕 떠 있는 듯 흘러가지만, 기관사인 우리는 변함없이 평소처럼 흘러간다. 어린이날에도 어버이날에도 누군가는 열차를 몰아야 하니까. 하루 늦은 어린이날이나 이틀 빠른 어버이날 같은, 기관사 나름의 날들을 보낸다. 남들과는 다른 순간이기에 더 충실하려 애쓰지만 그렇지 못한 날들도 있다. 소중한 사람을 생각하며 열차를 몰아간다. 붕 떠 있는 듯 변함없는, 그렇게 따뜻한 달이다, 5월은.

어디에나 중간에는 쉼표가 있다. 6월이 그러하다. 1년의 가운데에 놓여 있는 이달의 1일에 대대적인 인사발령이 난다. 기관사 업무의 특성상 대부분의 기관사들은 큰 변화가 없지만, 일부 기관사들과 사무직 직원들의 인사이동이 일어난다. 사람들이 바뀌고 그것이 전환점이 되어 분위기도 사뭇 달라진다. 어디에든 쉼표가 있어야 다음을 잘해낼 수 있다. 인사발령이, 6월이, 그렇게 찍힌 쉼표가, 곧 다가올 장마를 준비하는 걸지도 모르겠다.

여름의 중간인 7월에는 다섯번째 계절인 장마가 숨겨져 있다. 모든 것이 젖어 있다. 선로도, 지하철도, 승객도, 기관사도. 철길에 비가 내리면 철바퀴를 단 열차가 가고 서는 것이 아주 어려워진다. 그런 비가 한참, 한 달이나 이어지는 장마를 기관사는 받아들일 수가 없다. 끝없이 내리는 비에는 어떤 연유가 있는 걸까. 너무 각박하게 건조했던 지난겨울의 기억이 미안해 뒤늦은 비를 보내는 걸까. 기관사에게 장마는 너무 늦은 겨울의 사과였다.

덥다. 낮이면 햇살이 내리꽂힌다. 하지만 무더운 여름의 저녁 하늘은 너무나 아름답다. 더위가 잠시 잊힐 정도로. 주황색인 줄 알았으나 보라색 같은 또 분홍색 같기도 한, 속내를 분명하게 보여주지 않는 여름하늘은 가슴을 저릿하게 만든다. 열차를 운행하며 전차선 사이로 올려다본 그 묘한 하늘이 쉬이 잊히지 않았다. 한낮의 뜨거운 태양이 땅을 잔뜩 달궈놓은 탓에, 저기 땅끝에서 떠오르는 저녁의 하늘마저 뜨겁게 물들여버렸다. 내가 기억하는 8월은, 그 하늘은 그런 색이었다.

9월에는 가을이 시작된다. 기관사로서 열차 내부의 온도를 조절하는 데 가장 애를 먹는 달이다. 낮에는 아직 덥고 밤에는 쌀쌀하다. 봄과는 비슷하지만 다르다. 기온은 비슷한데도 봄에는 따뜻함을 느꼈다면 가을에는 쌀쌀함을 느낀다. 추운 겨울을 지난 봄에는 따뜻함을, 더운 여름을 지난 가을에는 쌀쌀함을.

10월엔 단풍이 물든다. 봄에 벚꽃이 피었다면 가을에는 단풍이 피어난다. 차이가 있다면 벚꽃은 봄에 피어 봄에 지지만, 단풍은 봄에 피어난 잎이 여름을 지나 가을에 물들고 낙엽으로 지는 것이다. 기관사는 매일 같은 길을 달리며, 여름내 푸르던 잎이 단풍으로 피었다 지는 것을 바라본다. 벚꽃 아래에서 애잔했듯, 단풍 아래에서는 쓸쓸함을 느낀다. 여름내 푸르던 잎들과의 인사였다.

아직 가을이긴 하지만 춥다. 말 그대로 쌀쌀한 계절이며 어딘가 휑하다. 특별할 것이 없다. 지하철이 달리는 지상구간의 풍경도 마찬가지다. 화려하게 세상을 수놓았던 단풍은 온데간데없고, 가을의 흔적은 얼마 남아 있지 않다. 곧 겨울이 온다는 실감이 난다. 다가올 겨울 앞에서 세상 모든 것이 몸을 웅크리기 시작한다. 11월은 겨울에 앞서 세상을 비우고 있었다.

12월은 추운 겨울이지만 따뜻하다. 크리스마스, 제야의 종소리, 송년회, 연말 분위기. 마치 크리스마스가 주인공인 축제 같다. 연말 저녁시간에 사람 많은 환승역에 가면 승객들의 들뜸이 기관사인 내게도 오롯이 전해진다. 승객들도 나도 모두가 들떠 있다. 많은 사람들이 새해의 계획을 세우기도 하고 한 해를 되돌아보기도 한다. 기관사인 나 역시 그런 시간을 보낸다. 12월은 말했다시피 다음해의 '계획교번'이 공지되는 시기이고, 우린 그걸로 내년을 준비한다. 세상 모두가 마무리와 동시에 새롭게 시작할 준비를 한다.

마치 트리의 반짝이는 불빛처럼 따뜻했던 12월이 지나고, 그렇게 다시 1월이 시작된다.

그리고 지하철은 늘 그랬듯 단 하루도 멈추지 않고 1년을 부지런히 달려간다.

그림 김나훔

강릉에서 작가로 활동하고 있다. 그림과 사진 작업을 주로 하고 있으며 최근에는 다양한 장르를 혼합하는 작업도 시도하고 있다. 그래픽디자이너인 아내와 갤러리 겸 소품샵 오어즈를 운영하고 있다.

• 이 책의 72~73, 104~105, 212~213, 238~239쪽에 실린 본 저작물은 공공누리 제4유형에 따라 부산교통공사의 공공저작물을 이용하였습니다. (상업적 이용에 대한 별도의 이용 허락을 받았습니다.)

이번 역은
요절복통 지하세계입니다
현직 부산지하철 기관사의 뒤집어지는 인간관찰기
ⓒ이도훈 2024

1판 1쇄 2024년 6월 28일
1판 3쇄 2024년 11월 1일

지은이 이도훈

기획·책임편집 이연실
편집 박혜민 염현숙
디자인 이현정
마케팅 김도윤 김예은
브랜딩 함유지 함근아 박민재 김희숙 이송이 박다솔 조다현 정승민 배진성
저작권 박지영 최은진 오서영
제작 강신은 김동욱 이순호
제작처 천광인쇄사

펴낸곳 (주)이야기장수
펴낸이 이연실
출판등록 2024년 4월 9일 제2024-000061호
주소 10881 경기도 파주시 회동길 455-3 3층
문의전화 031) 8071-8681(마케팅) 031) 8071-8684(편집)
팩스 031) 955-8855
전자우편 pro@munhak.com
인스타그램 @promunhak

ISBN 979-11-987444-9-4 03810